Männer, Männer

AF211411

Lina Fehse

Männer, Männer

Erzählungen

Bibliografische Information der Deutschen Bibliothek:
Die Deutsche Bibliothek verzeichnet diese Publikation in der Deutschen
Nationalbibliografie; detaillierte bibliografische Daten sind im Internet
über <http://dnb.ddb.de> abrufbar.

© 2004 Lina Fehse
Herstellung und Verlag: Books on Demand GmbH, Norderstedt
ISBN 3-8334-1715-3

Inhalt

Der Playboy

Einmal hatte mich mein Freund Thomas richtig auf die Palme gebracht, und ich war fest entschlossen, fremd zu gehen. Mein Nachbar, Jörg, hatte mir das empfohlen. Er selbst stand mir gern zur Verfügung. Aber mit dem besser nicht, er ist ein Quatscher. Ich wollte mit ganz Fremden, was man eine Affaire nennt, haben und unbedingt heute, heute nacht, solange ich Zorn auf Thomas hatte.

Es war kurz nach neun, als ich fertig zurechtgemacht vor dem Spiegel stand. Bettfrisur, hautenge Jeans und Bluse, hohe Stöckelschuhe, damit mich keiner übersieht, kräftiges Make-up auf natürlich, greller Lippenstift. „Pronto", dachte ich, aber dann knöpfte ich die Bluse noch ein bißchen tiefer, um zu zeigen, daß mir nichts Menschliches fremd ist. „Perfekt!" Ich rief ein Taxi.

Die Adresse stand schon bei mir fest. Eine kleine Disko-Bar mit dem Namen „BLEIB TREU". In zehn Minuten standen wir vor der Zieladresse. Aber ich wußte nicht, wie ich da ganz allein hinein gehen sollte. Meine Ängste waren umsonst, denn der Türsteher kam gerade heraus und fragte, ob ich nicht reingehen möchte. So kam ich in seiner Begleitung bis zum Bar-Tresen. „Niko, mach' ein bißchen Platz für die Schönheit", sagte er zu einem gepflegten, sympathischen Mann und ging. „Und wie heißt Du, Schönheit?" fragte Niko. „Monika, für Freunde Mona", stellte ich mich vor.

Der Niko hat mich zu einem Drink eingeladen, und dann ich ihn, und so ging es weiter, bis wir beide leicht angetrunken und lustig waren. Ich redete und flirtete ununterbrochen und dachte es läuft ja wie geschmiert nach meinem Plan - bis der Moment der Ernüchterung kam. Denn Niko war vom anderen Ufer. Aus einem guten Gesprächspartner konnte kein guter Bettpartner werden. Meine Laune war auf einmal im Eimer, und ich erzählte Niko von meinem Wunschplan, der nun auch im Eimer war.

„Die Nacht ist noch nicht zu Ende", beruhigte er mich. „Siehst Du uns gegenüber den braungebrannten Mann in der Lederjacke? Der ist hier Stammgast. Wir nennen ihn den Playboy. Er fährt ein Kabrio, hat ein Haus im Grunewald und geht oft mit einem Mädchen raus, erscheint aber immer wieder allein." „Vielleicht ist er ein Frauenmörder?" fragte ich ironisch.

„Ob er Leichen im Keller hat, mußt Du schon selbst herausfinden", lachte Niko, nahm mich leicht am Arm, und wir drängten zur anderen Seite des Tresens. Er stellte sich neben den Playboy. „Komm, Mona Lisa, hier ist ein gemütliches Plätzchen, wo Du noch ein bißchen bleiben kannst. Ich muß leider geh'n", schrie er fast, damit ihn der Playboy hörte, und verschwand.

„Oh, was für ein wunderschöner Name, Mona Lisa. Und Sie haben auch was Antikes an sich", sagte der Playboy und machte für mich mehr Platz. Er guckte in mein Dekolleté und lud mich zu einem Drink ein. Ich überlegte schon schnell eine Antwort auf die Frage, was ich beruflich machte. Eine arbeitslose Sekretärin, die Mona Lisa heißt, ist nicht erotisch.

„Sie sind bestimmt ein Fotomodell, ich habe Ihr Gesicht schon irgendwo bewundert", sagte er. „Ach, man kann nirgendwo hingeh'n, ohne erkannt zu werden", spielte ich mit. Er redete über Gott und die Welt, war mal von rechts, mal von links um mich rum und überschüttete mich mit Komplimenten. Der Playboy war mir nicht unsympathisch, und ich dachte, das muß wohl zum Fremdgehen reichen. Nach einem endlosen Blick in mein Dekolleté schlug er mir vor, das Ambiente zu wechseln. „Ich heiße Klaus Mullimann und wohne ganz allein in einer Villa im Grunewald. Es gibt kalten Champagner und heiße Musik. Leiste mir ein bißchen Gesellschaft, Mona Lisa, hier ist es so laut, wir werden noch taub," sagte er in einem Atemzug. Ich war einverstanden. „Du bist eine Heilige, Mona Lisa", sagte er, und seine Augen glänzten wie bei einem Kater, bevor er den Napf mit dem Fressen kriegt.

Beim Rausgehen zwinkerte mir der Türsteher zu, als wollte er mir zu meinem „großen Los" gratulieren. So saß ich also im Kabrio auf dem Wege zur Sünde und flüsterte leise: „Oh Gott, hilf mir, ich bin in Deinen Händen!" Aber es schien, als seien des lieben Gottes Hände auch ohne mich schon voll genug, und wir kamen ohne Hindernisse an der Villa von Klaus Mullimann an.

Schon stand ich in einem großen Wohnraum mit vielen Fenstern und bewunderte den feinen Geschmack des

Besitzers. Der Playboy war stolz durch mein Lob und sagte wie ein Makler, der mir unbedingt die Villa verkaufen wollte: „Der Tag war sehr heiß, deswegen ist es hier so stickig, aber wenn ich jetzt alle Fenster aufmache, kommt direkt aus dem Grunewald eine frische Brise."

Damit begann seine Arbeit. Er schob die Gardinen zurück, öffnete dann die Fensterflügel, zog die Außenjalousie des ersten Fensters hoch. Dann ging es zum nächsten Fenster, zum übernächsten und weiter zu den folgenden, immer die gleichen Handgriffe wie ein Ritual, um die stickigen Geister rauszutreiben und die reinen Luftgeister hineinzuholen, direkt aus dem Grunewald. Beim letzten Fenster endlich war er rot im Gesicht, verschwitzt und gealtert. Nun erst zog er seine Lederjacke aus und sagte: „Ich muß unter die Dusche, Mona Lisa, Du kannst inzwischen schon den Champagner aus dem Kühlschrank holen, den CD-Spieler anwerfen und es Dir gemütlich machen."

Nach kurzer Zeit hörte ich ein vornehmes Schimpfen: „Merde, merde, es kommt kein Wasser mehr, gibt es in der Küche welches?" Aber in der Küche kam auch keines. Der Playboy kam aus dem Badezimmer und stand vor mir braun-rot mit weißen Streifen. Man sah, daß er an der Seife nicht gespart hatte. Mit einer Ecke des Saunatuches, das er um seine Hüften gezurrt hatte, rieb er sich die Augen. „Merde, ich werde noch blind, meine Augen brennen so."

Ich wollte ihm die Flasche Champagner reichen, daß er damit sein Gesicht wäscht. „Du guckst wohl die falschen

Filme, Mona Lisa, weißt Du denn nicht was so eine Pulle kostet", sagte er und suchte nach Mineralwasser, aber in der Kiste befanden sich nur leere Flaschen.

„Donnerwetter", schrie er, und in diesem Moment donnerte es wirklich. Es kam ein sehr starker Wind ins Wohnzimmer, die Gardinen flogen bis zur Decke wie riesige Vögel, und die Fenster und Jalousien klapperten bedrohlich. Der Playboy eilte, alle Fenster wieder zu schließen. Die Arbeit fing von vorne an. Als er die Hälfte geschafft hatte, regnete es bereits in Strömen.

Ich versuchte witzig zu sein: „Jetzt bekommst Du viel Wasser, Klaus, aber leider nicht aus dem Hahn." Dies überhörte er.

Ich stand noch immer mit der Flasche Champagner in der Hand. „Was stehst Du da herum wie ein Model beim Fototermin", schrie er mich an, „siehst Du nicht, es regnet schon ins Zimmer rein. Merde, merde, mein Parkett!" Ich sollte ihm Wischtücher bringen und dann in den Keller gehen, um Mineralwasser zu holen. Er erklärte mir schnell, wo ich was finden würde, und bei seiner Ordnung stellte sich das als kinderleicht heraus.

Bald war ich im Keller und schaute um mich herum. Großer Raum mit großen Regalen wie in einem Supermarkt, Kisten, Flaschen Dosen perfekt eingeordnet wie Soldaten bei einer Militärparade. Ich wollte schon nach dem Mineralwasser greifen, als ich plötzlich ein leises Wimmern hörte. Das war ein Kätzchen. Es kam auf mich zu und strich um meine Beine. Ich hob es hoch. Es war noch sehr jung, dünn wie ein Bleistift und klitschnaß. Es hatte sich vielleicht vor dem Gewitter gerettet und bei seiner schmalen Figur konnte es sich bestimmt in jede Festung reinschleichen. Ich lief nach oben mit der Katze auf dem Arm.

Der Playboy war gerade mit dem Bodenwischen fertig. Ich schrie: „Klaus, ein Kätzchen, ich habe ein Kätzchen gefunden, in Deinem Keller. Es stirbt vielleicht vor Hunger!" Der Playboy ging auf mich zu mit dem Gesicht eines Mörders, seine Augen waren blutunterlaufen. Er faßte mit zwei Fingern das Kätzchen an. „Warum ist die Mieze naß, steht mein Keller unter Wasser. Merde, merde, ich habe Wasser im Keller!" Mit diesen Worten schnappte er die Wischtücher und lief, ohne auf meine Antwort zu warten, wie der Blitz in den Keller runter. Sein Saunatuch rutschte von den Hüften, und zwei rot-braune Pobacken, waren das letzte, was ich von meinem Playboy sah. Ich hörte noch die Kellertür knallen. „Hat er sich eingesperrt?"

Ich packte das Kätzchen in das Saunatuch, das am Boden lag, und lief aus der Villa Mullimann.

Zu meinem Glück fuhr gerade ein freies Taxi vorbei, in das ich steigen konnte. Ich nannte meine Adresse und bat den Taxifahrer: „Schneller, fahren Sie schneller!" „Wernse vafolgt oder hamse wat vabrochen, Frollein?" fragte der. „Nicht direkt, aber das Kätzchen stirbt vor Hunger", sagte ich und erzählte kurz das Geschehene.

„Ick hab ooch mal so ne Jeschichte jehabt", gab er zu verstehen. „Ick hab'n Mädel mit zu mir jenomm. Die hat mir besoffen jemacht, bevor wat losjehn konnte. Ick bin einjepennt, und det Mädel is abjehaun mit meine janzen Mäuse. Da stand mir wirklich det Wasser bis zum Hals. Außer Spesen nischt jewesen. Na ja, ick hab's übalebt." Da mußten wir beide lachen.

Endlich zu Hause, gab ich dem Kätzchen Milch. Während es schlief, hörte ich den Anrufbeantworter ab. Da waren nur viele Anrufe von Thomas. Und der letzte gefiel mir besonders: „Mona, ich liebe Dich, ich liebe Dich wirklich, willst Du meine Frau werden?"

Ein Jahr später.

Ich bin mit Thomas verheiratet und arbeite als Sekretärin in einer Model-Agentur. Aus meinem wimmernden Kätzchen ist ein großer Kater geworden, der heißt Klaus. Er ist kastriert und lebt glücklich und zufrieden in geordneten Verhältnissen.

Das beste Stück

An einem schönen Herbsttag saß ich auf meiner Lieblingsbank am Lietzensee und dachte über Alexander, meinen Ex-Mann nach.

Er ist ein Frauenschwarm, ganz cooler Typ. Er trägt nur schwarz, von Kopf bis Fuß, und seine Wohnung ist schwarz-weiß eingerichtet. Alles, was nicht schwarz-weiß, ist für ihn Kitsch. Sogar sein Lieblingsgericht ist schwarzes Brot mit weißem Käse.

Ich glaube, ich bin ihm zu bunt geworden. Eines Tages sagte er mir, daß er sich selbst verwirklichen wolle. Das bedeutete für mich schwarz auf weiß: Trennung, Wohnungssuche, Scheidung.

Heute habe ich das alles hinter mir. Ich besitze eine kleine Wohnung, ein kleines Auto und einen kleinen Laden, wo ich eigene Modelle selbst stricke. Vielleicht war Alexander der Große (so nannte ihn meine beste Freundin Ulli) eine Nummer zu groß für mich. Auf jeden Fall fühle ich mich heute frei oder befreit, aber glücklich?

Ulli sagte: „Dir fehlt ein richtiger Kerl, Reni, kein schwarz-weißer Schwarm. Du bist doch die schönste in unsrer Klicke, laß' Dich doch endlich mal auf etwas ein. Die Männer werden Dir zu Füßen liegen."

Schon lange hatte mir kein Mann zu Füßen gelegen ...
außer eines Tages.

Ich saß wieder auf meiner Lieblingsbank am Lietzensee
in meiner Mittagspause und dachte an gar nichts. Ich sah
einen Jogger, der in meine Richtung lief, und hinter ihm
einen Hund, einen weißen Riesen. Ich kannte den Hund:
er war noch sehr jung, verspielt und machte sich oft selbständig von seinem Besitzer. Der Jogger lief schneller und
schneller, hatte Angst vor dem fremden Hund, und der
weiße Riese lief auch immer schneller. Plötzlich rutschte der
Mann aus und lag in einer Pfütze, direkt mir zu Füßen.

Für den Hund war das Spiel vorbei, er machte „rrr, rrr,
rrr, wuff, wuff" und lief zu seinem Herrchen zurück. Dem
Läufer stand die Angst ins Gesicht geschrieben.

„Der Hund beißt nicht. Er will nur spielen", sagte ich und
half dem Mann aufzustehen. „Sie sind meine Retterin",
sagte er noch mit Schreck im Gesicht. „Ich hätte Sie so
gern zu einer Tasse Kaffee eingeladen, aber meine Hose
ist hinten ganz naß."

Ich erzählte ihm von meinem kleinen Geschäft um die
Ecke, wo der Kaffee schon bereit stehe und wo er inzwi-
schen seine Hose auf dem Heizkörper trocknen könne.
Er war von meinem Vorschlag begeistert. Unterwegs zu
meinem Laden, zeigte er mir ein großes, gelbes Haus eine
Straße weiter, in dem wohnte er. In meinem Geschäft
hatte er, bis ich den Kaffee für uns serviert hatte, seine
Sporthose ausgezogen und auf den Heizkörper gehängt.

Da saßen wir nun an dem kleinen Tisch in meiner kleinen Küche, ich in einem meiner Lieblingskleider und er unten ohne. In solcher Nähe hatte ich zwei behaarte Männerbeine lange nicht gehabt. Am liebsten hätte ich sie angefaßt, was ich natürlich nicht wagte. Plötzlich stand der Mann auf, machte einen Diener und stellte sich vor: „Wolf-Rüdiger Hinze, meine Freunde nennen mich Rudi, und Sie können ‚Du' zu mir sagen." Ich stand auch auf und machte einen Knicks: „Ich heiße Renate Mend, die Freunde nennen mich Reni, und Du kannst ‚Du' zu mir sagen".

Nach der ersten Tasse Kaffee war sein Gesicht entspannt. Er sah sehr gut aus: blaue Augen, schwarzes Haar und ein Grübchen am Kinn. Ein Frauenschwarm aus der Fernsehsendung „Herzblatt". Das Plaudern mit ihm war ausgesprochen leicht, und er hatte Humor.

Nach der zweiten Tasse Kaffee und einem Kognak sind wir uns ein Stückchen näher gekommen. Er nahm meine Hände in seine, beschaute sie wie eine Wahrsagerin und ließ sie lange nicht los. „Wir gehen doch morgen zusammen essen?" fragte Rudi, „und dann, dann ziehen wir um die Häuser, die ganze Nacht, und dann, dann gehen wir frühstücken." Ich war einverstanden. Endlich befreite ich meine Hände und gab ihm meine Visitenkarte.

Nach der dritten Tasse Kaffee und einem weiteren Kognak fragte Rudi höflich, ob er rauchen dürfe und holte Zigaretten und Feuerzeug aus seiner Brusttasche. Sein Feuerzeug war wirklich was Besonderes. Er bemerkte meine Bewunderung und sagte: „Das Feuerzeug, das ist mein bestes Stück, das Erbe von meinem Vater, ich trenne mich nie davon." Als die Zigarette zu Ende ging, guckte Rudi auf die Uhr und bekam Panik. Wir hatten beide nicht gemerkt, wie die Zeit weg lief.

Er zog seine längst trockene Hose an und umarmte mich. „Ich hätte Dich so gern geküßt, Reni, wenn ich wüßte, daß ich keine Ohrfeige kriege", sagte er und guckte wie ein Schuljunge. „Ich schlage keine Männer", antwortete ich und legte meine Hände auf seine breiten Schultern, und dann haben wir uns geküßt. Der Kuß war lang und feucht. Und Rudi drückte mich fest und fester an sich, bis ich sein bestes Stück gespürt habe. „Noch ein Erbe vom Vater, von dem er sich nie trennt", dachte ich. Auf einmal wurde mir alles zuviel, ich drückte mich in Gegenrichtung und sagte: „Bis morgen, Rudi". Er verließ mich mit den Worten: „Bis morgen, ich ruf' Dich an! Ich hab' schon jetzt Sehnsucht nach Dir."

Rudi ging, und ich blieb. Vor Aufregung konnte ich nicht arbeiten. Meine Gedanken waren zu Hause in meinem Kleiderschrank: „Was ziehe ich morgen bloß an, daß ich Rudi den Atem raube."

Ich ging in die Küche, um aufzuräumen, und sah auf dem Tisch das Feuerzeug liegen. Rudis „bestes Stück", Erbe vom Vater, wovon er sich nie trennt. Ich dachte noch, wenn er den Verlust merkte, würde er sich melden. Aber es geschah nicht.

Um halb acht abends machte ich meinen Laden dicht. Als ob ich von einem Geist geschoben würde, ging ich zu dem gelben Haus eine Straße weiter.

Auf dem Klingelschild stand „Hinze", zweite Etage. Ich drückte auf den Knopf. Mein Ex-Mann Alexander hätte gesagt: „Erst denken, dann drücken, sonst kann man eine Lawine auslösen." In meinem Unterbewußtsein war blitzartig nur ein Gedanke: „Der Schlawiner wartet schon auf mich, und das Feuerzeug hat er extra liegen lassen." Endlich ging die Haustür auf, ich lief nach oben, auf der zweiten Etage stand schon eine Wohnungstür offen, und ein kleiner Bub sagte: „Komm rein!"

Dann kam mir eine junge, schwangere Frau entgegen mit einem kleinen Mädchen auf dem Arm. „Sie kommen bestimmt von Heidi und möchten die Wohnung besichtigen, kommen Sie, kommen Sie rein", sagte sie freundlich, „wie Sie sehen, bin ich in anderen Umständen, und wir brauchen mehr Platz. Aber wir möchten für die Wohnung auch Abstand haben." „Ja, ja, ich zahle auch Abstand", antwortete ich, und mir blieb nichts Anderes übrig, als in die Rolle der Nachmieterin zu schlüpfen.

Die Frau führte mich in das erste Zimmer rechts. „Das ist unser Schlafzimmer, und hier scheint die Sonne den ganzen Tag", sagte sie stolz. „Aber am Tag bin ich doch nie im Schlafzimmer", erwiderte ich. „Gucken Sie, gucken Sie ruhig, fühlen Sie sich wie zu Hause. Ich bringe erstmal die Kinder weg", sagte sie und ging. Ich stand allein in ei- nem fremden Schlafzimmer, voller Neugier, und den Rudi hatte ich in diesem Moment ganz vergessen. - Warum war gerade hier schon das dritte Kind gezeugt?

Das Schlafzimmer mit dem Doppelbett und dem Doppelschrank sah aus wie viele andere auch, nur die Farben... Auf dem Bett lagen eine dunkelrote Decke mit Fransen und gleiche Kissen. Der rote Schirm einer Chinalampe, welche die Frau angeknipst hatte, versetzte den ganzen Raum wie in Flammen. Mein Ex-Mann Alexander hätte in so einem Zimmer seine Potenz verloren, und ich, ich war ganz gespannt auf die Farbe der Bettwäsche.

Ich hob eine Ecke der Bettdecke hoch, und in diesem Moment kam Rudi rein.

Er trug Hauslatschen, Shorts und ein offenes Hemd. Es war viel nackte Haut zu sehen, und durch die rote Beleuchtung sah er wie verbrannt aus. Sein Gesichtsausdruck war voller Angst und Panik, als säße er wieder in der Pfütze. Und ich kam mir vor wie der Hund, der weiße Riese. Ich machte: „rrr, rrr, rrr, wuff, wuff." Seine schwangere Frau kam zurück. Jetzt wollte ich nur raus. Ich ließ die Kante der Bettdecke los, schob Rudi beiseite und lief weg mit den Worten: „Das Schlafzimmer gefällt mir nicht, und ich zahle auch keinen Abstand." Wie ein Tennisball sprang ich die Treppe runter.

Endlich saß ich in meinem kleinen Auto vor meinem Geschäft und drückte den Knopf zum Verriegeln runter. Warum? Weil ich immer erstmal drücke und dann denke. Vielleicht dachte ich unterbewußt, daß Rudi hinter mir herliefe mit verbrannter Haut und einer Flinte in der Hand.

Ich nahm mein Handy und rief aufgeregt und heulend bei meiner Freundin Ulli an und erzählte ihr alles im Detail. Sie schwieg. „Hörst Du mir überhaupt zu?" schrie ich. „Sehr sogar, aber die Geschichte hat doch ein Happy-End, Du mußt keinen Abstand zahlen, Reni", sagte sie und lachte, und dann lachten wir beide bis wir Bauchkrämpfe bekamen.

Ich fuhr nach Hause, wo ich mich endlich entspannen wollte, aber mein Telefon klingelte ununterbrochen. Alle meine Freunde wollten die Geschichte hören. Sogar eine frühere Freundin, die blöde Kuh, die mich eine arrogante Ziege genannt hatte, rief an.

„Reni, wollen wir uns wieder vertragen?" sagte sie. „Nun verrate mir, welche Farbe hatte denn Rudis Bettwäsche?" „Bist Du noch immer nicht schwanger?" schrie ich. „Rot, rot, alles rot, dann klappt's ja auch mit Kindern."

Seitdem läuft mein Geschäft bombig. Alle bestellen bei mir rote Bettdecken, und ich stricke und stricke, für Freunde und Freunde von Freunden und deren Freunde. Das „beste Stück von Rudi", ich meine sein Feuerzeug, hat mir einen Haufen Geld gebracht, und ich trenne mich von ihm nie.

Eines schönen Frühlingstages saß ich wieder auf meiner Lieblingsbank am Lietzensee. Da sah ich einen Hund laufen, das war der weiße Riese. Er blieb vor mir stehen, und es war, als ob seine Augen um Entschuldigung baten für alles, was er angerichtet hatte. Ich habe dem Hund verziehen, und später sind wir dicke Freunde geworden.

Dann habe ich sein Herrchen kennengelernt … und schließlich haben wir uns ineinander verliebt.

Heute suchen wir alle drei eine gemeinsame Wohnung, und wir zahlen auch gerne Abstand.

Die Buletten

Welcher Frau ist nicht ein Trick eingefallen, um einen Mann zu erobern? Mir! Vielleicht war ich deswegen schon dreißig und noch nicht in festen Händen. Mein Hausgenosse war ein Pudel, Bacio, was Kuß auf italienisch bedeutet, und er liebte mich über alles - oder meine Buletten.

Ich machte fleißig meine Arbeit und aß oft zu Mittag Spaghetti bei meinem Freund Mario. In der letzten Zeit aß ich bei ihm öfter als es mein Portemonnaie erlaubte, weil mir ein Mann sehr gefiel, der jeden Tag in der Mittagspause auch bei Mario aß. Jedesmal begrüßte mich Mario: „Rita, donna bella, bist Du denn noch immer nicht verliebt?" Ich habe ihm mein Geheimnis verraten, das mir sein Gast gefiel, der immer am selben Tisch saß. „Ah, un uomo simpatico", flüsterte er und sagte mir, der Gast hieße Robert, sei ein Computer-Spezialist, geschieden und nicht gebunden.

Dann, eines Tages, spielte Mario mit. Sein Lokal war voll, und als ich reinkam, begrüßte er mich wie immer: „Ciao Rita, donna bella!" und dann ganz leise: „Ich habe für Dich einen Platz reserviert an Roberts Tisch, quatsch' ihn voll." Mario brachte mich an Roberts Tisch, ich nickte, und Robert nickte auch freundlich. Dann sagte ich, daß das Wetter schön sei, er nickte. Dann sagte ich, daß man bei Mario die besten Spaghetti kriege, er nickte. Dann sagte ich, daß der Wein, den mir Mario gerade brachte, exellent sei. Robert nickte wieder, obwohl er alkoholfreies Bier trank.

In diesem Moment hätte ich am liebsten meinen Wein über seinen Kopf geschüttet, und dann kam mir eine Idee mit sehr langem Bart. Ich würde das Glas Wein „zufällig" umkippen, und dann dürfte ich vielleicht seine Hose reinigen oder sein Hemd waschen. Es war schade um den guten Wein, ein Glas Essig hätte es auch getan, aber ich mußte investieren. Ich trank einen Schluck und stellte das Glas zurück, so, daß es umfiel. Die weiße Tischdecke wurde rot, das leere Glas lag zwischen unseren Tellern, und nur Roberts Spaghetti hatten etwas abgekriegt.

Zum ersten Mal sah er mir direkt in die Augen und sagte: „Spaghetti in Weinsoße esse ich nicht gern." Ich wollte ihn natürlich zu einer neuen Portion einladen, aber er sah schon auf seine Uhr und sagte: „Keine Ursache, keine Ursache, ich muß mich jetzt beeilen", zahlte, nickte wieder freundlich und ging.

Mario kam zu mir und sagte: „Rita, donna bella, der Mann muß blind sein." Er gab mir den Untersatz, auf dem Roberts alkoholfreies Bier gestanden hatte und der auch mit meinem Wein bekleckert war: „Schreib' ihm was auf, und ich übergebe es ihm, das ist Deine letzte Chance!"

Ich schrieb also: „Es tut mir sehr leid, daß ich Sie ohne Mittagessen ließ. Wenn Sie meine berühmten Buletten probieren wollen, rufen Sie mich bitte an!" und setzte

„Rita" und meine Telefonnummer darunter. Mario lachte: „Einen Mann mit Buletten locken? Das ist doch kein Hund. Aber auf der anderen Seite sagen die Deutschen: ‚Liebe geht durch den Magen.' Vielleicht ist er nach Buletten verrückt, wie Dein Bacio."

Ich ging ohne Hoffnung weg. Desto größer war die Überraschung, schon am nächsten Tag Roberts Stimme am Telefon zu hören. Buletten seien seine Leidenschaft. Die letzten guten hätte er bei seiner Oma gegessen. So waren wir schon für morgen, Samstag, um zwei bei mir zum Mittagessen verabredet.

Ich bin sehr früh aufgestanden, um alles perfekt vorzubereiten. Als die Wohnung glänzte, und alle Einkäufe gemacht waren, kümmerte ich mich um mein Aussehen. Ich sprang in ein T-Shirt XXL, drehte mein Haar auf dicke, bunte Lockenwickel, klatschte mir eine grüne, schlammartige Maske ins Gesicht und fing dann an, die Buletten zu braten. Als die erste Pfanne fertig war, und die zweite brutzelte, sah ich auf die Uhr. Es war kurz vor eins, ich hatte noch eine Stunde Zeit.

Plötzlich klingelte es, ich lief nach vorn, vielleicht die Post, und guckte durch den Tür-Spion: Robert! Er sah aus, als ob er zur Weihnachtsgans eingeladen war. In der linken Hand hielt er eine schön verpackte Flasche und mit der rechten korrigierte er seine Krawatte.

Ich blickte in den Spiegel im Korridor und sah da … keine Rita! Die Maske war hart geworden und sah aus wie ein

Pflanzentopf mit Mund und Augen, die bunten Lockenwickel wie Blumen, die aus dem Topf guckten. Mein
riesiges T-Shirt konnte man als Zwangsjacke benutzen,
und hinter der Tür stand mein Traummann. Mir wurde
richtig schlecht und aus Solidarität auch meinem Hund
Bacio, er kotzte mitten ins Wohnzimmer. Das „Schiefge-
hen" war perfekt. Die Tür nicht aufzumachen, kam nicht
in Frage, und ich dachte an Marios Worte: „Quatsch ihn
voll!" Das schien mir meine letzte Chance!

Ich machte die Tür auf und redete ohne Punkt und
Komma: „Sie sind doch Robert!? Und Sie sind mit Rita
verabredet! Ich bin Ritas Zwillingsschwester Naomi. Entschuldigen Sie mein Ausseh'n. Bei uns ging heute alles
schief. Rita mußte Hals über Kopf weg nach Baden-Ba-
den. Unser Onkel liegt im Sterben, und ich hab' keinen
Führerschein. Da mußte Rita fahren. Meine Schwester
hat sich so auf Ihren Besuch gefreut. Sie hatte schon angefangen, die Buletten zu machen. Ah, die Buletten, die
werden bestimmt schon schwarz!" Ich lief in die Küche
zurück und dachte, Robert bliebe brav im Hausflur stehen und wartete, bis man mit ihm den nächsten Termin
vereinbarte, aber nein.

Als ich aus der Küche zurückkam, stand er schon mitten
im Wohnzimmer und sagte: „Die Buletten riechen so ko-
misch!" „Das sind nicht die Buletten, das ist die frische
Kotze von unserem Hund, und Sie stehen mitten drin",
erklärte ich. Bacio lag auf der Couch ohne ein Lebenszei-
chen, er hatte sich tot gestellt, so peinlich war ihm alles.
Robert lachte: „Ich muß doch von Glück sagen, daß Sie

keinen Schäferhund haben, die Menge der unappetitlichen Masse hätte anders ausgesehen." Die kleine „unappetitliche Masse" war schnell zu beseitigen, und Robert lachte wieder: „Wissen Sie, wie Ihre Maske aussieht? Wie eine abplatzende Tapete, Sie wollen sich bestimmt von ihr befreien. Machen Sie das ruhig, ich passe schon auf die Buletten auf."

Ich lief in das Badezimmer. Mein Herz klopfte. Während ich mich zurecht machte, briet mein Traummann die Buletten in meiner Küche. Ich habe mich sehr beeilt, um Robert nicht solange warten zu lassen. Natürlich sah ich nicht so perfekt aus wie Rita, aber ich war ja auch Naomi.

Als ich in die Küche zurück kam, war Robert schon mit den Buletten fertig, und Bacio saß neben ihm. „Ich habe Ihren Hund wiederbelebt, mit einer Bulette", sagte er, und dann bewunderte er mein Aussehen, wie gut mir Jeans-Klamotten ständen und wie hübsch und natürlich ich sei.

„Ich sehe genauso aus wie Rita, ich bin doch ihre Zwillingsschwester", sagte ich. „Kein Mensch ist genau wie der andere", erwiderte er, „wenn die „donna bella" zu Mario kommt, müssen alle Männer von den Stühlen fallen und wenn einer sitzen bleibt, kriegt er Wein in die Spaghetti."

Die ganze Zeit über, in der wir zusammen waren, aßen, plauderten, lachten, wollte Robert von Rita gar nichts hören, aber von Naomi war er ganz angetan. Ich hatte schon das Gefühl, daß ich meiner Schwester Rita den Mann ausspannte. Robert ging spät am Abend, und wir, Bacio und ich, waren ganz in ihn verknallt.

Während ich die letzte Runde mit meinem Hund drehte, überlegte ich verzweifelt, wie es weiterginge. Wann sollte der Onkel sterben? Wann kam Rita zurück, und wohin sollte Naomi verschwinden?

Als ich aber nach Hause kam, hatte Robert schon eine telefonische Nachricht für mich hinterlassen, die mich glücklich machte: „Hallo, Rita; ich muß mich wohl entschuldigen, daß ich eine Stunde früher kam, ich habe mich in der Zeit vertan. Ihre Buletten waren trotzdem hervorragend, Ihre Fantasie und Ihr Charme grenzenlos, Sie sind schon eine ‚donna bellissima'. Ich rufe morgen an und ein bacio an Bacio, falls er nicht gerade kotzt."

Ein großer Engel

Ich war auf dem Wege, mich in Sven zu verlieben. Er arbeitet im Außendienst und ist viel unterwegs. Weil ich im Zentrum wohne und viel zu Hause bin (ich schreibe gerade meine Diplom-Arbeit), kommt er oft zwischen seinen Terminen vorbei, auf einen Sprung, manchmal sogar auf zwei. Auch an dem heißen Sommertag, den ich beschreiben möchte, rief er aus dem Auto an: „Schatz, wie schön, daß Du zu Hause bist, und einen Parkplatz habe ich auch, ich komme jetzt vorbei."

Ich wollte ihm schon vom Balkon aus zuwinken, aber in diesem Moment klingelte es an der Wohnungstür. Das war meine Nachbarin, die rechts von mir wohnte. Sie war mit einem Piloten verheiratet, und je mehr er unterwegs war, desto öfter besuchte sie ihr Freund. Jetzt stand er auch vor meiner Tür, neben der Pilotenfrau, verschlafen, verknittert und machte gerade seine Jeans zu. Sein Hemd hielt er noch unter dem Arm. Die Pilotenfrau redete schnell: „Mein Mann hat was liegen lassen, er kommt jetzt auf einen Sprung nach Hause. Bitte, bitte retten Sie mich, ich muß meinen Freund bei Ihnen verstecken." Sie schob den Mann in meine Wohnung, machte die Tür zu und lief weg.

Ich hörte schon den Aufzug kommen, das war bestimmt Sven. Was würde passieren, bevor ich erklären könnte, wenn er den abgekämpften Typ ohne Hemd und daneben mich sah, in dem durchsichtigen Hausmäntelchen, das ich Svens wegen gekauft hatte? Der Mann mußte verschwinden. Die klassische Variante unterm Bett oder im Schrank war nicht möglich, denn er war ein großer, breiter Bodybuildingtyp. Kommen Sie schnell auf den Balkon, mein Freund kommt auf einen Sprung vorbei. Kaum schaffte ich es, hinter ihm in rasendem Tempo die Balkontür zuzumachen, die Gardine zuzuziehen und die Kerze anzuzünden, als Sven schon an der Tür klingelte. Er kam rein und war von der Atmosphäre begeistert, die ich für uns gezaubert hatte, und von meinem durchsichtigen Hausmantel, den er noch nie gesehen hatte.

Sven stürzte auf mich zu mit Küssen und Drücken und wollte mit mir schlafen. Ich war wie gelähmt bei dem Gedanken, daß jemand zuhören oder etwa zusehen könnte. „Was ist mit Dir los, mein Liebling?" fragte er. „Ich kann nicht so auf die schnelle." „Aber für ‚langsam' habe ich keine Zeit, ein wichtiger Termin wartet auf mich", sagte er und zog sein Hemd aus.

In diesem Moment klingelte es wieder. Ich machte auf, die Pilotenfrau drängte sich sofort in die Wohnung und sah meinen Sven. Er stand auch in Jeans und ohne Hemd da wie ihr Geliebter.

Sie machte große Augen und sagte: „Der da ist nicht mein Freund!" „Ich behaupte das auch nicht", sagte Sven. Jetzt war es für mich leicht, die unglückliche Situation zu erklären, und Sven lachte nur und sagte: „Jetzt ist mir Dein Verhalten klar, und wo ist dann unser Bester, unter dem Bett oder im Schrank?" „Er ist nicht so ein Würstchen wie manch' Anderer", sagte die Pilotenfrau und sah überheblich Sven an.

Ich ging zum Balkon, um endlich den Typ loszuwerden. Die Pilotenfrau und mein Sven kamen hinter mir her. Der Mann war aber nicht da. Wir streckten unsere Hälse über das Balkongitter. Auf dem Bürgersteig lag sein gestreiftes Hemd. Die Pilotenfrau schrie in Panik: „Das Hemd, das ist sein Hemd, oh Gott, wie schrecklich!" Sven beruhigte sie: „Es wäre schrecklich, wenn Ihr Freund sich in diesem Hemd befunden hätte. Hier ist schließlich die vierte Etage. Ich kann mir vorstellen, als er mich hörte, kletterte er schnell auf den Balkon nebenan. Das hätte sogar so ein Würstchen wie ich geschafft. Das Hemd fiel ihm dabei einfach aus der Hand."

Entschlossen ging die Pilotenfrau zum Apartment links nebenan, hinter ihr latschte ich mit einem schlechten Gewissen in meinem durchsichtigen Hausmantel, hinter mir Sven, der das so amüsant fand, daß er seinen wichtigen Termin hatte sausen lassen.

Nebenan wohnte eine alte Dame, die schlecht hören und sehen konnte. Wir mochten uns. Sie nannte mich Kindchen und ich sie Omchen. Die Pilotenfrau klingelte stürmisch, bis endlich die Tür geöffnet wurde. „Ist hier bei Ihnen ein Mann aufgetaucht?" fragte sie grob. „Mit einem Mann tauchen, ich kann nicht mal schwimmen, Kindchen", antwortete das Omchen. Dann fragte ich laut und deutlich: „Omchen hat Dich ein Mann besucht?" „Mich haben viele Männer besucht, Kindchen, ich war nicht immer alt, ich war auch 'mal 'ne flotte Biene." Ich gab nicht auf und schrie weiter: „Omchen, hast Du denn jeeetzt, auf Deinem Balkon, nichts gesehen und nichts gehöööört?" „Ach heute, ja, ja, als ich gerade mein Nickerchen machen wollte, sah ich auf meinem Balkon einen großen Engel, er machte mir ‚Winke-Winke' und flog weiter. Tragen denn Engel heute Jeans?" „Ja, ja, Oma, heute tragen alle Jeans", antwortete ihr die Pilotenfrau und drehte sich zu uns um: „Mein Freund wollte die Alte nicht erschrecken, stellen Sie sich vor, sie hätte geschrien! Der ist bestimmt nebenan."

Entschlossen steuerte sie zur nächsten Tür, der letzten auf unserer Etage und unserer letzten Hoffnung, den Mann endlich zu finden. Hinter der Pilotenfrau latschte ich mit schlechtem Gewissen in meinem durchsichtigen Hausmantel, hinter mir Sven, der endlich sein Hemd zugeknöpft und in seine Jeans gesteckt hatte, und hinter Sven Omchen, sie wollte noch mal den ‚großen Engel' sehen.

In dem letzten Apartment wohnte eine freundliche, hübsche Dame um die fünfzig mit ihrem Ehemann aus Sizilien. Nach dem Läuten machte uns die Dame die Tür auf, und die Pilotenfrau drängte sich sofort in den Wohnraum, hinter ihr ich, hinter mir Sven, hinter Sven Omchen. Der Freund der Pilotenfrau saß am Tisch und trank einen Tee zu einem belegten Brot. „Das ist der große Engel!" schrie Omchen, und ich merkte jetzt erst, was der Mann für schöne blaue Augen hatte. Nur war das eine Auge viel blauer als das andere. Man sah, da hatte eine Faust direkt reingepaßt. Die Pilotenfrau umarmte ihren Freund: „Mein Schatz, wie konnte denn das gescheh'n?"

Jetzt redete die hübsche Dame: „Mein Mann hatte etwas liegen lassen, kam auf einen Sprung nach Hause und in dem Moment zur Wohnungstür herein, als Ihr Freund durch die Balkontür kam. Bevor die Situation geklärt wurde, rutschte meinem Mann die Hand aus. Stellen Sie sich vor, nach dreißig Jahren Ehe ist er noch immer eifersüchtig." „Wie schön für Sie", sagte die Pilotenfrau, „eifersüchtige Männer lassen immer etwas liegen. Komm' mein armer Schatz!"

Sie nahm ihren Freund beim Arm, wo bei ihm ein Stück Stacheldraht eintätowiert war, und beide gingen raus. Hinter ihnen latschte ich in meinem durchsichtigen Hausmantel mit ganz schlechtem Gewissen, als ob ich an allem, was passiert war, Schuld hatte, hinter mir Sven, der sich kaum das Lachen verkneifen konnte, hinter ihm Omchen. Sie war glücklich, noch einmal dem ‚großen Engel' begegnet zu sein, und die hübsche Dame stand immer noch an ihrer Tür.

Der Freund der Pilotenfrau drehte sich zu uns um und mit den Worten: „Sorry, sorry!" machte er eine Handbewegung wie ein Filmstar, der sich von seinen Fans verabschiedete.

„Aber der große Engel kommt doch wieder?" fragte Omchen traurig, und Sven beruhigte sie, indem er fast schrie: „Natürlich, man muß nur waaarten, in Berlin gibt es viiiele Balkoooone und nur einen großen Engel!"

Die Doktorarbeit

Ich stand an einer roten Ampel und sah plötzlich am Steuer eines Autos einen Mann, der mir bekannt vorkam. „Das ist doch Mr. X, ja, ja, das ist er", in mir kam eine Erinnerung aus meinen Jugendtagen hoch.

Ich hatte eine Freundin, Katharina. Wir waren unzertrennlich von der Sandkiste bis zur Berufsschule. Ich bin zwei Monate älter als Kati und war für sie wie ihre ältere Schwester. Wir teilten Kummer, Sorgen und Freuden. Ich war zwar mehr der introvertierte Typ, aber bei Kati lief nichts ohne mich, nicht mal eine einzige Träne.

Nachdem wir unsere Ausbildung abgeschlossen hatten, schenkten unsere Eltern uns eine Reise nach Usedom, Ostsee, und jede sollte ihr alleiniges Hotelzimmer haben. „Endlich schlafe ich mit Dir nicht in einem Doppelbett, und endlich muß ich nicht entscheiden, was Du anziehst", sagte ich, „und wehe, wenn Du nicht Punkt neun beim Frühstück bist!" „Ich schaff' das schon, Du wirst überrascht sein", lachte sie.

Im Zug nach Usedom überlegten wir, wie wir unseren Urlaub organisieren sollten. Ich war glücklich getrennt von meinem Freund, einer Nervensäge, und Kati war unglücklich verliebt in ihren verheirateten Nachbar, vielleicht, weil sie immer verliebt sein mußte. „Urlaub pur", sagte ich, „Sonne, Strand und Sand, Wandern und Entspannung, bloß keine bösen Buben und um elf im Bettchen." Kati lachte wieder: „Ja, ja, absolut koscher, keine Bars und keine Disco, das haben wir alles in Berlin."

Wir kamen spät an, und jede von uns ging in ihr Hotelzimmer. Ich hatte ein Zimmer mit Seeblick und stand noch lange am Fenster. Die großen Wellen eilten sich, drängten dem Ufer zu, erreichten es und verschwanden dann, als ob sie nie da waren. Ich genoß es, allein zu sein und mich erwachsen zu fühlen.

Als ich am nächsten Tag zum Frühstück kam, war zu meiner großen Überraschung Kati schon da. „Du, hier ist ein richtiges Altersheim. Der ‚koschere Urlaub' wird uns nicht schwer fallen. Es gibt nicht mal was für's Auge," klagte sie.

„Guck' mal Kati, da am Fenster sitzt doch ein junger Mann und sogar ganz allein", antwortete ich. „Ach, der da, der sieht aus wie ein Spargel, glotzt schon die ganze Zeit, als ob er fünf Jahre im Gefängnis gesessen hat und keine Frau gesehen hat." Der „Spargel" stand auf und ging zum Buffet. Kati redete weiter: „Guck' mal, wie er jetzt seinen Teller vollpackt und das schon zum dritten Mal. Guck' mal, er hat sich schon einen richtigen Rettungsring angefressen." Ich lachte und sagte: „Bei den Wellen hier ist das gar nicht so verkehrt. Laß' uns unsere Teller auch so vollpacken." Wir standen am großzügig aufgebauten Buffet und wollten alles ausprobieren.

Plötzlich fiel Kati fast der Teller aus der Hand, und sie flüsterte aufgeregt: „Dreh' Dich nicht um! Da kam jetzt ein

Mann rein, der sieht aus wie Paul Newman!" „Was? Und genau so alt?" fragte ich und drehte mich aus Neugier doch um. Das war wirklich ein toll aussehender Mann, etwa um die fünfzig, schwarze Leinenhose, schwarzes T-Shirt, dunkle Brille und grau meliertes volles Haar, leicht gebräunte Haut. Er ging zu einem Tisch, wo ein Schild „Reserviert" stand.

Von unserem Tisch konnten wir ihn gut sehen, und wir redeten nur über ihn, ob er vielleicht verheiratet war oder geschieden, ob er Söhne in unserem Alter hatte, ob seine Uhr echt war und was er wohl beruflich machte. „Stell' Dir vor, der ist ein Frauenarzt, ich wäre verrückt", lachte Kati, „und wie könnte er heißen?" „Nennen wir ihn Mr. X, das klingt so geheimnisvoll", schlug ich vor. Kati war begeistert.

Wir sahen Mr. X nicht an unserem Strand. „Vielleicht ist er am FKK-Strand", sagte Kati verzweifelt. „Ich laufe ihm jedenfalls nicht nach," sagte ich, „stell' Dir vor, er hat ein Boot, dann müßten wir ganze Gewässer durchschwimmen." Am nächsten Tag war Mr. X zum Frühstück wieder da, und der Tag war gerettet.

Ich weiß jetzt nicht mehr genau, ob es der dritte oder der vierte Tag unseres Aufenthaltes war, der alles veränderte. Ich saß allein am Frühstückstisch, Kati war noch nicht da. Mr. X kam zu mir und sagte: „Guten Morgen, Sie schlafen wohl gerne. So eine hübsche, junge Dame und um elf schon im Bettchen. Im Hotel ‚Residenz' nebenan gibt's eine gemütliche Bar. Ich werde um elf Uhr abends da sein, und Sie sind herzlich eingeladen."

Er hatte meine Antwort nicht abgewartet und saß schon an seinem Tisch, als Kati reinkam. Sie sah umwerfend aus. Der Urlaub war ihr schon gut bekommen, und sie stellte mir wieder die gleiche Frage wie jeden Morgen: „Auf wen guckt nun Mr. X, auf mich oder auf Dich durch seine dunkle Brille?" Und ich antwortete wie immer: „Bestimmt auf uns beide, Männer in seinem Alter mögen junges Gemüse." Kati lachte.

Der Tag kam mir sehr lang bis elf Uhr abends vor, und ich versuchte, mich vor mir selber zu rechtfertigen. Meine Mutter hätte gesagt: „Paß' auf Kind, der Mann will Dich verführen". „Hoffentlich", hätte ich geantwortet. So hat mein Verhältnis mit Mr. X angefangen. Wir haben uns jeden zweiten oder dritten Abend gesehen, weil er an seiner Doktorarbeit schrieb, die er hier in Ruhe nachholen wollte. „Aber in Berlin werden wir viel Zeit für einander haben", versprach er.

Ich malte mir aus, wie ich Mr. X meinem Vater vorstellte, der noch kein graues Haar hatte. Oder meiner Mutter, sie ist eine sehr schöne Frau. Vielleicht verlieben sie sich ineinander, und meine eigene Mutter wird meine Rivalin. Und Kati? Wann und wie werde ich ihr beichten? Sie ist doch so empfindlich.

Der Urlaub wurde für mich zum Streß, und ich war froh, als wir endlich wieder im Zug auf dem Weg nach Hause saßen.

Wir redeten wenig und sahen zum Zugfenster hinaus.

Plötzlich sagte Kati fast heulend: „Was bin ich nur für eine Freundin, ich schäme mich so vor Dir. Ich hatte einen schöneren Urlaub als Du. Ich hatte ein Verhältnis mit Mr. X", und sie holte aus ihrer Tasche seine Visitenkarte und legte sie auf das Abteiltischchen. Für mich war es wie ein Schlag auf den Kopf. „Wann, wann hast Du das gemacht?" fragte ich leiser. „Nicht jeden Abend, weil er an seiner Doktorarbeit schrieb, aber in Berlin wird er mehr Zeit für mich haben."

Jetzt holte ich aus meiner Tasche die Visitenkarte von Mr. X und legte sie neben ihre und sagte: „Sei tapfer, Kati, seine Doktorarbeit das war ich!"

Kati wurde blaß trotz ihrer Sonnenbräune und nach einer kurzen Pause des Schweigens holte sie viele Karten aus ihrer Tasche und legte sie auf das Tischchen. „Diese Liebeserklärungen hat mir alle der ‚Spargel' unter der Tür durchgeschoben, hast du auch welche von ihm?" fragte sie ängstlich. „Nein, nein, der ‚Spargel' hatte nur Augen für Dich!"

Den Rest der Zeit schwiegen wir. Jede von uns versuchte auf ihre Art mit dem Schmerz und der Wut fertig zu werden. Ich wollte schreien, daß es ganz Usedom hörte: „Du Schuft, Du Mistkerl, Du alter, geiler Bock, Mr. X!" Stattdessen sah ich aus dem Fenster und zählte die vorbei hastenden Bäume. Kati zählte die Postkarten vom „Spargel" immer wieder und wieder. Ich versuchte mit ihr zu sprechen: „Kati, das wird uns eine Lehre sein, eine Lehre für zwei grüne, nicht ausgekochte Bohnen." Aber Kati schwieg nur. Sie schwieg auch in Berlin und brach jeden Kontakt mit mir ab, als ob ich, allein ich, ihre glückliche Zukunft mit Mr. X versaut hätte.

Ein Jahr später habe ich sie am Kurfürstendamm getroffen, mit dem Spargel. Sie haben mich geschnitten. Seinen Arm hatte er um ihre Schulter gelegt, und sie hielt sich an seinem ‚Rettungsring‘ fest. Ich blieb einen Moment stehen, sah ihnen hinterher und dachte: „Ein Spargel und eine grüne Bohne passen doch gut zusammen."

Und Dieter zahlte

Ich studiere, und werde von meinem Vater großzügig unterstützt. Aber trotzdem jobbe ich in einer Bäckerei, um zu sehen, wie es ist, wenn man für die eigenen Brötchen arbeiten muß.

Als ich an einem Sonnabend den Laden schon zumachen wollte, kam ein sympathischer Mann rein und fragte, ob er noch einen Kaffee kriegen könnte. „Na klar", sagte ich, „Sie können auch noch das letzte belegte Brötchen haben, umsonst natürlich." „Nein, nein danke", antwortete er, „mein Vater hat heute Geburtstag, und ich werde viele schöne Sachen essen, wenn man mich überhaupt reinläßt." „Haben Sie denn Probleme mit Ihrem Vater?" fragte ich.

„Eigentlich nicht, außer einem. Ich komme immer wieder zu Familienfeiern allein, und die Geschwister meines Vaters lachen sich schon ins Fäustchen, als ob ich von der anderen Fraktion bin." Und dann erzählte er mir, daß seine Mutter angerufen hätte, heute früh, und gesagt hätte: „Junge, Du kannst das Deinem Vater nicht antun und wieder allein kommen. Du kannst doch eine Studentin engagieren." „Und wo ist das Problem?" fragte ich. „Die Studentin", antwortete er, „ich kenne keine!"

„Ich bin eine, Sie können mich engagieren", schlug ich vor. Ich sah seinen abschätzenden Blick und redete weiter: „Sie kennen doch die Sendung ‚VORHER-NACHHER', jetzt bin ich ‚VORHER' im weißen Verkaufskittel und nicht zurecht gemacht, aber als ‚NACHHER' werde ich Ihnen im ‚kleinen Schwarzen' und zurecht gemacht schon gefallen."

„Die VORHER-Variante ist auch nicht übel", lachte er, „Sie sind engagiert. Sieben Euro pro Stunde?" „Ach wo, ich nehme nur sechs, das ist doch keine schwere Arbeit", lachte ich. „Wenn Sie damit verbundene Kosten haben, das zahle ich natürlich extra. Sie müssen zum Beispiel ein Taxi nehmen, weil ich zwei Stunden früher bei meinen Eltern sein muß, um zu helfen."

„Ja, ja sogenannte Spesen, verstehe", sagte ich und wurde frech: „Ich muß es noch zum Frisör schaffen und ein paar Blümchen muß ich auch noch besorgen. Ich kann doch nicht mit leeren Händen kommen." Er holte fünfzig Euro raus und fragte, ob das reichen würde. „Ja, ja, Studenten können das Geld gut einteilen", antwortete ich und steckte den Schein in die Tasche. „Und den Stundenlohn, den kriegen Sie nachher", sagte er. „Natürlich, alles in vollem Vertrauen", antwortete ich, und wir lachten beide.

Er schrieb mir die Adresse seiner Eltern und die verabredete Zeit, 19 Uhr, auf und war schon aus der Tür. „Warten Sie, warten Sie, wir haben vergessen, uns gegenseitig vorzustellen, wir müssen doch wenigstens etwas von einander wissen", rief ich hinter ihm her. Wir lachten wieder beide, und er sagte: „Ich heiße Dieter, die Familie nennt mich Didi, Sie können das auch tun, das erweckt Vertrauen. Ich habe Betriebswirtschaft studiert und arbeite bei einer

Hausverwaltungsfirma. Mein Lieblingsgericht, alles was ich nicht selbst kochen muß, und für Hobbies habe ich keine Zeit." Darauf ich: „Ich studiere Psychologie und arbeite zweimal in der Woche in der Bäckerei. Mein Lieblingsgericht ist alles, was ich nicht selber kochen muß. Für Hobbies habe ich keine Zeit, und mein Name ist Vicki." „Ah, Victoria, das bedeutet Sieg", sagte er. „Wir werden auch siegen, machen Sie sich keine Sorgen", sagte ich.

Eine Viertelstunde nach 19 Uhr klingelte ich bei Dieters Eltern. Im ‚kleinen Schwarzen' und mit einem Blumenstrauß gratulierte ich Dieters Vater zum Geburtstag. Er führte mich stolz und glücklich sogleich ins Wohnzimmer und sagte laut, damit ihn keiner überhörte: „Darf ich vorstellen, das ist die Freundin von Dieter, sie heißt Victoria." Alle Augen richteten sich auf mich, und Dieter eilte mir schon entgegen.

Er umarmte mich und gab mir einen Kuß auf die Wange. Ich umarmte ihn auch und gab ihm auch einen Kuß auf die Wange. Mein roter Lippenstift hinterließ einen roten Abdruck, und alle lachten. Ich nahm ein Taschentuch und rieb zart an seiner Wange, und er flüsterte: „Die Variante ‚NACHHER' ist bezaubernd", und ich flüsterte zurück: „Versuch' ja nicht, Dich in mich zu verlieben, was würde mein Freund aus New York dazu sagen."

Dieters große Familie hat mir sehr gefallen. Das waren liebenswürdige, fröhliche, natürliche Menschen, und jeder schenkte mir viel Aufmerksamkeit.

Der jüngste Onkel von Dieter, der vielleicht nur ein paar Jahre älter war als er, sagte leicht beschwipst: „Nun Didi, du hast aber eine heiße Braut!" und Dieter erwiderte: „Sie ist nicht meine Braut, sie ist nur meine Freundin!" „Was nicht ist, kann ja noch werden!" lachte der Onkel und sagte zu mir: „ Victoria, Sie kommen doch mit Didi nächste Woche Sonnabend zum Jubiläum meiner Firma ins Hotel ,Interconti'? Außer meiner Familie werden viele Freunde, Mitarbeiter und Geschäftsleute da sein." Dieter sah mich gespannt und fragend an. „Ach ja, gerne, Dieter erzählte mir schon davon, ich komme gern mit." Dieter war erleichtert.

Spät am Abend fuhr er mich nach Hause und zahlte mir im Auto den Stundenlohn: „Für so eine exzellente Vorstellung ist das fast zu wenig", sagte er lobend, und ich antwortete: „Du warst ja auch sehr überzeugend." „Nächste Woche Samstag, Punkt 19 Uhr, hole ich Dich hier unten wieder ab." Dann fragte er noch, ob ich Geld für „Spesen" brauche. „Leider, leider", stöhnte ich, „für's Interconti fehlt mir ein Abendkleid." „Was kostet sowas?" fragte er. „Normalerweise sehr viel, aber wozu gibt es ,Second Hand'? Ich hab' etwas geseh'n für hundertfünfzig Euro, es kostete regulär fünfhundert Euro", erklärte ich.

Dieter war von so einem Preissturz begeistert und gab mir einhundertfünfzig Euro. Ich steckte das Geld ein und gab ihm einen Kuß auf die Wange. Mein Lippenstift hinterließ wieder einen Abdruck. Ich stieg aus und sagte: „Bis Samstag, ich werde Dich nicht enttäuschen, Didi."

Endlich kam der Samstag. Dieter stand Punkt 19 Uhr vor meinem Haus. Ich schlug meinen Mantel zurück und zeigte ihm mein Kleid mit offenem Rücken. Er schenkte mir sein wunderbares Lächeln und sagte: „Die Variante ‚NACHHER' ist wohl bei Dir ohne Grenzen, Du siehst traumhaft aus. Er konnte zwar nicht ganz verstehen, warum so wenig Stoff soviel Geld kostete. Er hatte denselben dunkelgrauen Anzug an wie auf seines Vaters Geburtstag, aber eine sehr schöne, seidene Krawatte um. Ich faßte sie an und fragte: „Ist die neu?" „Wozu gibt's Second Hand?" lächelte er.

Das Jubiläum im Interconti war luxuriös, teurer Champagner, erlesene Delikatessen, eine bekannte Band, wichtige Leute. Der Onkel stellte mich stolz vor, immer mit den Worten: „Victoria, sie ist die Braut meines Neffen."

Dieter bekam viele Einladungen zu den verschiedensten Veranstaltungen, so daß sein Terminbuch überquoll. „Mußt Du immer soviel feiern?" fragte ich ihn. „Normalerweise nicht, aber wenn man so eine ‚heiße Braut' hat, das verpflichtet", lachte er. So gingen die Parties los, und ich habe immer wieder einen neuen Fummel gebraucht, aus Second Hand natürlich.

Und Dieter zahlte.

Zu jedem Fest trug er seinen dunkelgrauen Anzug, hin und wieder mit einer neuen Krawatte, Second Hand natürlich.

Immer sonntags waren wir bei seinen Eltern zum Kaffee und zum Abendbrot eingeladen. Und Dieter zahlte meinen Arbeitslohn. „Weiß denn Deine Mutter nicht, daß Du mich engagiert hast?" „Natürlich", sagte er, „aber sie nimmt das nicht ernst, sie meint, daß wir bis über beide Ohren ineinander verliebt seien und jeder könne das sehen." „Bist Du das denn?" fragte ich, und er antwortete mit seinem süßen Lächeln: „Genauso wie Du!"

Ich ärgerte mich und konnte nicht verstehen, warum, warum machte er keinen Annäherungsversuch, warum gab er soviel Geld für mich aus, warum redete er nicht über uns? Er wußte doch, daß jetzt die großen Ferien kamen und ich nach New York fahren würde. „Ich sage dann auch nichts", dachte ich, „und lasse ihn zappeln – oder läßt er mich zappeln?" Ich habe mich von Dieter am Telefon verabschiedet, und er wünschte mir eine gute Reise.

Die Freude, wieder in New York zu sein und meinen Vater zu sehen, war groß, aber die Sehnsucht nach Dieter auch, und so wollte ich schon nach zehn Tagen zurück. Ich erzählte alles meinem Vater, und er lachte und lachte und kaufte mir ein Flugticket zurück nach Berlin.

Ich rief Dieter mitten in der Nacht an und fragte, ob er mich abholen könnte? „Selbstverständlich! Hattest Du Probleme mit Deinem Freund?" fragte er mit verschlafener Stimme. „Wir reden später darüber", sagte ich.

Endlich sah ich Dieter in der Ankunftshalle mit einem wunderschönen Blumenstrauß. Wir umarmten uns, und er fragte wieder: „Hattest Du Probleme mit Deinem Freund?" „Laß' uns schnell nach Hause fahren. Ich bin so fertig von dem Flug. Wir reden später darüber."

In seinem Auto spielte Musik, und ich schloß die Augen. Es war ein schönes Gefühl, Didi in meiner Nähe zu haben. Als wir meine Wohnung betraten, machte er große Augen. „Das ist ja ein Traumreich", sagte er, „sowas hat nicht einmal ein Bäckermeister. Ist das die Wohnung Deines Freundes aus New York?" „Ja, ja, von meinem großartigen, liebsten Freund. Er ist mein Vater. Er arbeitet in New York als Auslandskorrespondent, und ich darf hier noch zwei Jahre wohnen." „Und Dein richtiger Freund, was ist mit ihm?" fragte Dieter. „Welcher ‚richtige' Freund? Von dem war n i e m a l s die Rede!" Dieter war überglücklich.

„Ich möchte Dich jetzt in das beste Restaurant in Berlin einladen, aber ich bin leider pleite!" sagte er. „Da irrst Du Dich aber gewaltig", sagte ich und holte eine Schatulle, die mir mein Vater einmal aus Thailand mitgebracht hatte. Die Schatulle spielte eine Melodie, als ich sie aufmachte. Dann hob ich sie hoch und schüttete ihren Inhalt aus. Die Euro-Scheine flogen wie bunte Vögel, die sich auf Tisch und Boden niederließen. „Das ist Dein Geld, Didi," sagte ich, „ich habe keinen Cent davon ausgegeben. Ich habe das alles gemacht, weil Du mir gefallen hast."

„Und die vielen schönen Spesen-Einkäufe, wenn auch Second Hand, was ist damit?" „Das sind alles meine Sachen aus meinem vollen Kleiderschrank, Du hast doch nie nach einer Rechnung gefragt". „Dann hast Du also gar nichts von mir?" fragte er enttäuscht. „Doch, diesen wunderschönen Blumenstrauß, mit dem Du mich abgeholt hast. Weißt Du, Didi," sagte ich weiter, „mit Geld kannst Du wirklich nicht umgehen, Du mußt Dir eine Freundin suchen, am besten eine Studentin."

„Habe ich denn noch keine gefunden?" Wir lachten und fielen uns in die Arme und küßten uns zum ersten mal richtig.

Dann habe ich einen Pizza-Service angerufen, zwei Pizzen und eine Flasche Chianti bestellt. Die Lieferung kam … und Dieter zahlte.

Der Müllcontainer

Schon seit einem halben Jahr lebte ein neuer Mieter in unserem Haus, der mir bei jeder Begegnung mein Herz zum Klopfen brachte.

Ich wohnte in der dritten Etage, und mein neuer Nachbar in der vierten, direkt über mir. Wir haben noch nie miteinander geredet, und da unser Gartenhaus keinen Aufzug hat, begegneten wir uns oft auf der Haustreppe. Er grüßte mich immer mit „hallo" und ich antwortete auch mit „hallo". Unsere Fenster lagen zum Hof, und so konnte ich ihn sehen, wenn er nach Hause kam. Immer wieder schnappte ich die Mülltüte und lief runter, um ihm zu begegnen, und immer wieder tauschten wir das bekannte „Hallo".

„Ich bin bestimmt nicht sein Typ", dachte ich. Und dann kam mir ein Gedanke: „Warum verändern Frauen ihr Aussehen nach einer Trennung oder Scheidung? Warum nicht vorher?" Und so nahm ich mir einen freien Tag, um mich um mein Outfit, um meine Frisur und mein Make-up zu kümmern. Endlich war ich soweit: witziger Haarschnitt, dezentes Make-up mit ausdrucksvollen Augen, freche Hose, Bauchnabel frei und leeres Portemonnaie. Jetzt schnell nach Hause, ans Fenster zum Hof, um bloß meinen Nachbar nicht zu verpassen. Kurz nach sechs kam er immer nach Hause, man konnte die Uhr nach ihm stellen.

Aber an diesem Abend war er auch kurz nach neun nicht da. Ich war sauer, ich hasse zu warten, und so gab ich ihm noch eine Stunde Zeit. Als ob er das geahnt hätte, ging er kurz nach zehn über den Hof. Er hatte einen dunklen Anzug an und einige Aktenordner unter dem Arm. Ich schnappte meine Tüte mit dem Plastikmüll, die schon an der Tür bereit stand, und lief runter. Zwischen der ersten und der zweiten Etage sind wir uns begegnet. Er sah mich länger als sonst an und sagte: „Halloooo! Frau Schwarz!" Ich machte ihm schöne Augen und sagte: „Halloooo, Herr Stein!" Ich war glücklich. Endlich hatten wir uns mit dem Namen angeredet und richtig in die Augen geschaut.

Ich wollte schnell die Tüte mit dem Plastikmüll loswerden, aber der Deckel des riesigen Behälters klemmte. Endlich schaffte ich es und schmiß, oh Schreck, meine Hausschlüssel zusammen mit der Tüte in den Container. Ich war ausgesperrt.

„Der Hausmeister wird mir helfen", dachte ich, „wenn er nicht in seiner Lieblingskneipe ist," und ging zu seinen Fenstern im Erdgeschoß. Es war dunkel bei ihm, nur seine treue Hausgenossin, eine große getigerte Katze saß auf dem Fensterbrett, ihrem Stammplatz. Sie bewegte sich nicht, als ob sie aus Porzellan wäre, aber ihre wunderschönen, grünen Augen glänzten ganz lebendig unter dem weichen Licht der Hoflaterne. Schlau, ohne mit den Wimpern zu zucken, sah sie mich an, als wollte sie sagen: „Nun Mäuschen, steckst Du in der Falle?" „Na, warte, Du Raubtier!" sagte ich und klingelte bei Herrn Stein.

Stotternd und aufgeregt berichtete ich über die Sprech-anlage von meinem Pech. Er beruhigte mich und sagte: „Ihre Schlüssel sind doch gut aufgehoben, ich ziehe mich schnell um und bringe alles Nötige mit." In ein paar Mi-nuten war er unten, in Turnschuhen, Jeans und T-Shirt. Er hatte Gartenhandschuhe und eine Taschenlampe dabei - an alles gedacht, wie ein guter Handwerker. Er sah in den Müllcontainer und sagte: „Der ist ja zum Glück halb leer. Hatte Ihr Schlüsselbund einen Anhänger oder so eine Art Leine?" „Leine, oh nein, so was mag ich nicht, ich war ein Schlüssel-Kind. Aber einen Anhänger, ein rotes Äffchen, es kann nur leider nicht sprechen", lachte ich. Er lachte auch und sagte: „Nun an die Arbeit!"

Wie ein Athlet sprang er in den Müllcontainer. Ich sollte den kaputten Deckel festhalten und ihm die verpackten Tüten abnehmen, die er mir raus reichte. Wir arbeiteten Hand in Hand. Die losen Dosen klapperten, und der Container wurde übersichtlicher. „Wir werden beobach-tet", sagte ich, „von der Tigerkatze des Hausmeisters." „Jetzt hat sie was zum Glotzen, am liebsten würde sie auch im Müll wühlen", lachte er.

Ich mußte auch lachen, und dann rutschte mir der Deckel aus der Hand, und mein Nachbar war im Müllcontainer gefangen. Schnell verging mir das Lachen, und ich hörte eine dumpfe Stimme: „Frau Schwarz, ich biete Ihnen Ihre Schlüssel für meine Freiheit. Ich habe schon das rote Äff-chen in der Hand!" In diesem Moment klappte es auch bei mir, und der klemmende Deckel ging auf. Wieder wie ein Athlet sprang er aus dem Container, hob seine Hand hoch und schwenkte das Schlüsselbund und fragte: „Habe ich nicht einen Kuß verdient?"

Wenn er bloß wüßte, wie oft ich davon schon geträumt hatte. „Natürlich", antwortete ich, „nur müssen wir ausnahmsweise meine Waschmaschine noch so spät anstellen, Sie haben doch keine. Ihre Sachen sind schmutzig geworden. Inzwischen können wir einen Tee bei mir trinken." Er war einverstanden. Wir liefen die Treppe hoch zu mir. Im Badezimmer zog er seine Sachen aus, steckte sie in die Waschmaschine und zog meinen Bademantel an, den ich ihm angeboten hatte. Ich servierte für uns Tee mit Keksen und hörte ihn lachen, und dann sah ich ihn auch. In dem rosaroten Bademantel mit Rüschen, der für ihn zu eng war, wackelte er mit den Hüften wie ein süßer Transvestit und sagte: „Bin ich jetzt nicht männlich genug für einen Kuß, der mir versprochen wurde?"

Wenn er bloß wüßte, wie männlich er für mich war, aber ihn zu küssen traute ich mich noch nicht. Wir tranken Tee, knabberten Kekse und redeten und redeten. Er war aus Göttingen beruflich nach Berlin gekommen und arbeitete bei Siemens als Ingenieur. Ich erzählte, daß ich Zahnarzthelferin sei und in einer Praxis um die Ecke arbeitete. Er schmunzelte: „Jetzt weiß ich, warum ich den Mund nie aufkriegte, wenn ich Sie sah, ich habe panische Angst vor dem Zahnarzt." So merkten wir nicht, wie die Morgenröte kam. Die Vögel wurden wach, zwitscherten und sangen mehr als sonst, als ob sie froh waren, daß wir uns endlich kennengelernt hatten.

Wir gingen zum Fenster, und guckten beide auf den großen, gelben Müllkasten, der uns zusammengebracht hatte. Er sagte: „Ich warte immer noch auf den versprochenen Kuß!" Und dann haben wir uns geküßt.

So fing meine Romanze mit meinem Nachbarn, Herrn Stein, an. Wir küßten und küßten uns und liebten uns.

Schon nach drei Monaten bot er mir an, zu ihm zu ziehen samt Waschmaschine. „Überleg's Dir", sagte er, „Du wirst nie mehr Müll runter bringen müssen." Für mich gab's nichts zu überlegen. Ich umarmte ihn und sagte: „Hilf mir schnell, die Sachen packen!" Ich war glücklich, und jeder konnte das sehen, sogar die getigerte Katze im Erdgeschoß. Immer wenn ich an ihr vorbei kam, sah sie mich schlau an mit ihren wunderschönen, grünen Augen, als ob sie sagen wollte: „Nun Mäuschen, hast Du jetzt auch einen Hausmeister?"

Meine Freundin rief mich an. Sie war schon lange unglücklich verliebt. „Wie hast Du das so schnell geschafft", fragte sie, „hast Du ein Rezept für mich?" „Ein Rezept," ich lachte, „dann schreib' mal auf. Du mußt Dein Schlüsselbund in den Müllcontainer schmeißen, und dann den Mann Deines Herzens um Hilfe bitten, und wenn er dann drin ist und die Schlüssel sucht, den Deckel zumachen und ihn solange nicht raus lassen, bis er ‚ja' sagt." „Und wenn er das nicht tut", fragte sie lachend. „Dann ist er der falsche Mann! Oder es ist der falsche Müllcontainer?"

Geiz oder Reiz

Ich hörte es hupen und hörte dann meinen Namen: „Doris, Doris". Ich blieb stehen. Ein dunkelblauer Mercedes bremste, am Steuer saß Axel. Vor fünf Jahren hatten wir genau drei Monate und drei Tage zusammengelebt. Er sah aus dem Auto und schlug vor, zusammen eine Tasse Kaffee zu trinken. Ich war nicht dagegen. „Geh' schon zu dem Italiener um die Ecke, ich suche nur einen Parkplatz!" Ich sah ihn noch auf der Parkplatzsuche vorbeifahren, und mir schoß die Erinnerung ins Gedächtnis.

Als ich Axel kennen lernte, war er Ende dreißig, toll aussehend und aus gut situierter Familie. Immobilien-Firma Klotz war eine der bekanntesten in der Stadt. Alle meine Freundinnen beneideten mich um den Traummann, alle meine Verehrer waren durch so eine Konkurrenz wie ‚vom Winde verweht'. Ich war fünfundzwanzig, vielleicht hat mir auch sein bekannter Name imponiert, aber ich war richtig verliebt in Axel, nur in Axel, ohne kommerzielle Überlegung.

Es sah so aus, daß er mich auch liebte, und wir entschlossen uns, zusammenzuziehen. „Zu mir geht es leider noch nicht, Kleines", erläuterte er mir, „ich habe zwar eine schöne Dachgeschoßwohnung, aber im Haus meiner Eltern, und so würden wir uns ständig beobachtet fühlen. Und übrigens wäre es viel zu früh, Dich meinen Eltern vorzustellen, die sind sehr konservativ". „Verstehe", antwortete ich bescheiden, „aber ich habe eine sehr kleine

Wohnung". Er redete weiter: „Mit Dir, Kleines, kann es mir nicht eng genug sein, ich bringe nur ein paar persönliche Sachen von mir, und es wird übrigens auch finanziell eine große Erleichterung für Dich. Ich beteilige mich an der Miete und an allen laufenden Kosten. Einverstanden?" Und ob ich einverstanden war, ich liebte ihn doch über alles.

Er brachte eine Reisetasche und eine Fruchtsaftpresse zu mir, und so fing mein großes Glück an. Axel hat sehr viel gearbeitet, er war die rechte Hand seines Vaters, der alle Geschäfte mit links erledigte. Axel war sehr stolz auf seinen Vater und erzählte viel über ihn, zum Beispiel, wie genial er sparen konnte.

„Nur wer spart, wird reich", hatte sein Vater immer wieder gesagt. Ich lachte: „Mein Opa hat das ganze Leben lang gespart, und als er starb, hat er zehntausend Mark unter der Matratze hinterlassen." „Unter der Matratze vermehrt sich Geld nicht", lachte Axel.

„Und Deiner Mutter", wollte ich wissen, „wie geht's ihr bei den Sparmaßnahmen?" „Meiner Mutter fehlt es an nichts", sagte er, „und sie hat verstanden, daß Sparen Spaß macht." Er erzählte mir stolz, daß seine Mutter bis jetzt noch das ganze Haus selber putze und den Garten mache. Sie sage, das Personal koste nur Geld und mache viel kaputt. „Kann sie überhaupt ihre eigenen Wünsche haben und bezahlen, oder muß sie bei allem den Vater fragen?" war ich neugierig. Axel schmunzelte und erzählte mir, daß sie irgendwann eine teure Hals-Creme haben wollte.

Sie nannte ihren Hals ‚Problemzone‘, und der Vater lachte sich halb tot und sagte: „Der Hals ist nur dann Problemzone, wenn er nichts Anständiges zu tragen hat. Mit der Bulgari–Kette, die ich Dir zur Hochzeit schenkte, kannst Du aber das ganze Leben lang protzen." Dann schmunzelte Axel wieder und erzählte weiter: „Meine Mutter wünschte sich einen Schäferhund. Eines Tages brachte mein Vater einen winzigen Yorkshire-Terrier mit nach Hause und sagte: „Das ist kein Schäferhund, wie man sieht, bellen kann er noch mehr, frißt aber viel weniger und lieben wirst Du ihn genauso. Er hatte wieder recht, der Yorkshire ‚Susi‘ ist ein und alles für meine Mutter."

Auf einmal fand ich‘s nicht mehr lustig. „Der Apfel fällt nicht weit vom Stamm", dachte ich mir. „Wolltest Du Dich nicht an unseren Kosten beteiligen?" fragte ich fast ängstlich und zeigte auf die Rechnungen, die schon verstaubt auf dem Tisch lagen. „Ach, habe ich wieder vergessen, da reinzuschauen", wiederholte er seinen berühmten Satz. „Laß uns über was Wichtigeres reden. Wir haben doch bald unseren ersten gemeinsamen Urlaub, und Du willst doch nicht zu ‚Ballermann‘, was sagst Du zu Italien?" Und er sang: „Wenn bei Capri die rote Sonne im Meer versinkt …" Ich bekam einen Schimmer von Hoffnung und dachte: „Bald kommt eine große Überraschung, eine Traumreise".

Aber daraus wurde nichts. Schon ein paar Wochen später bat er mich, den Urlaub zu verschieben, weil er mit seinem Vater nach Mallorca mußte. „Es geht um sehr viel Geld, Kleines! Das Geschäft geht vor, Du verstehst das doch.

Laß uns schnell zu ‚Prada' fahren und für Dich ein paar kostbare Klamotten kaufen." Wieder glomm Hoffnung in mir auf. ‚Prada', eine der teuersten Boutiquen, wo ich mir noch nie etwas geleistet hatte. So standen wir bald in einem fast sterilen Laden, wo außer der Verkäuferin und uns kein Mensch war. Ich zog mich an und aus, wie bei einer Modenschau, und lief vor ihm hin und her. „Dir steht auch alles, Kleines", sagte er mit einer Spur Enttäuschung, als ob er hoffte, daß ich solche Marke nicht tragen könnte. Die besonders schönen Teile landeten bei der Verkäuferin auf dem Tisch. Ich zog wieder meine eigenen Sachen an, und kam aus der Umkleidekabine heraus.

„Zahlen Sie bar oder mit Scheck?" fragte die Verkäuferin. Ich drehte mich um, Axel war nicht zu sehen. „Ihrem Mann ist der Parkschein abgelaufen, er wartet auf Sie im Auto", sagte sie mir. Mir trat der Schweiß auf die Stirn, ich versuchte aber, mir trotz der peinlichen Situation nichts anmerken zu lassen. Ich überlegte, was ich noch auf dem Konto hatte, holte einen Scheck raus und sagte: „Ich nehme nur dieses Kleid, die anderen Sachen haben mich doch nicht überzeugt." Die Verkäuferin machte eine Miene, als hätte ich sie persönlich beleidigt. Ich nahm die schicke Prada-Papiertasche und lief zum Auto. Mein Herz klopfte, meine Wangen glühten, was würde er jetzt nun sagen? Als ich ankam , beendete Axel gerade ein Handy-Gespräch mit seinem Vater, guckte ruhig in die Prada-Tüte und sagte: „Ach, das schönste Stück, der Rest der Sachen war auch nicht schlecht, den holen wir für Dich, wenn ich aus Mallorca zurück bin. Wir müssen noch heute abend fliegen, wie es aussieht. Das Geschäft läuft wohl wie geschmiert, und wir müssen nur noch Papierkram erledigen." Ich freute mich noch mit ihm zusammen. Macht denn Liebe blind, auf beiden Augen?

Schon zwei Tage später war er wieder in Berlin, und rief vom Flughafen aus an: „Kleines, ich kann es kaum noch abwarten, Dich in meinen Armen zu halten, kannst Du mir ein paar Nudeln machen und frischen Saft?" Natürlich tat ich das für ihn, ich machte das schon ganze drei Monate lang, ohne daß er je eine Nudel oder eine Orange mitbrachte. Wir waren auch ein paar mal zusammen essen, wobei er immer wieder die Rechnung mitnahm und lachte: „Du wirst von der Steuer abgesetzt, Kleines." Eines Tages brachte er auch einen Blumenstrauß mit. Aber mir verging bald die Freude, als ich erfuhr, daß es ein Kundengeschenk war. Axel lebte, ohne Geld auszugeben, sogar um eine zu rauchen, griff er in meine Tasche. „Hat er sich übernommen? Hat er finanzielle Sorgen?" überlegte ich, „aber jetzt kommt er aus Mallorca, ohne Sorgen!" Und wieder kam Hoffnung in mir auf, und ich träumte schon von der roten Sonne, die bei Capri im Meer versinkt. Axel kam nach Hause wie ein großer Sieger, er rieb sich die Hände und lächelte: „Der Käufer war genauso reich wie blöde, so müßte es immer sein!"

Axel aß und lobte mich wie immer, daß es bei mir am besten schmecke. Dann griff er wieder zu meinen Zigaretten und sagte: „Morgen gibt mein Vater ein großes Essen in einem Restaurant, Du kommst doch mit, Kleines?" „Was, willst Du mich Deinen Eltern vorstellen?" fragte ich mit Freude. „Nein, nein, das ist noch nicht die richtige

Zeit", antwortete er, „ich habe schon alles organisiert. Du kommst in Begleitung von Uwe, einem netten Kerl, der für uns wie ein Sachverständiger arbeitet. Er ist Single und tut mir den Gefallen." Und dann redete er weiter: „Du ziehst natürlich Dein Prada-Kleid an, das wir zusammen gekauft haben. Mein Vater wird Augen machen, und später erzählen wir meinen Eltern die Wahrheit." Ich sagte zu, vielleicht aus Neugier.

Am nächsten Tag machte ich mich perfekt zurecht. Der erste der große Augen bekam, war Uwe, der mich abholte. „Sie sind Doris?! Nun diesen Gefallen kann ich dem Axel jeden Tag tun. Sie wirken nur sehr angespannt. Sie haben doch mich, ich mache Ihnen den Weg frei". Uwe war wirklich ein netter Kerl. Er strahlte Ruhe aus, ich fühlte mich sofort geborgen und wollte nur lachen über die Situation, in der ich mich befand. „Vergessen Sie nur nicht, daß wir zusammen gehören, auf jeden Fall für diesen Abend", warnte er. „Mit Dir, Uwe, wird mir das nicht schwer fallen", antwortete ich, und er lächelte zufrieden.

Als wir das Restaurant betraten, sah ich sofort Axels Vater. Das war ein großer, stattlicher Mann, Axel war ihm wie aus dem Gesicht geschnitten. Mit kumpelhaftem, aufgesetztem Lächeln begrüßte er jeden, der hereinkam, persönlich. Er gab mir die Hand und stellte sich vor. Dann begrüßte er Uwe, klopfte ihm auf die Schulter und sagte: „Jetzt verstehe ich, Junge, warum Du ständig über eine Gehaltserhöhung sprichst", und schaute mich wieder mit Bewunderung an. Ein nebenstehender, leicht angetrunkener Mann lachte und trällerte: „Überall auf der ganzen Welt, schöne Frauen kosten Geld!"

In diesem Moment kam Axels Mutter zu uns, ich erkannte sie gleich an der ‚Problemzone'. Eine schwere Bulgari-Kette drohte den zarten, stark gealterten Hals zu zerbrechen. Ihr Kleid von Yves Saint Laurent war sehr altmodisch und viel zu kurz und zu eng. Vielleicht war das Kleid auch ein Hochzeitsgeschenk? Sie stellte sich als die Frau von Herrn Klotz vor und reichte mir ihre eher leblose Hand, was sich wie fünf lauwarme Würstchen anfühlte. Ich traute mich, ihre Hand leicht zu drücken, und da kläffte hysterisch Susi Yorkshire, ging mir an die Fesseln und zerriß meine Strümpfe. „Ach, entschuldigen Sie bitte, wir ersetzen Ihnen den Verlust. Meine Susi ist furchtbar eifersüchtig, wenn mir jemand zu nahe tritt". „Soviel Gelegenheiten hat Susi bestimmt nicht", dachte ich und sagte: „Keine Ursache, keine Ursache!" Der angetrunkene Mann von nebenan lachte wieder und bemerkte: „So ein elegantes Kleid und zerrissene Strümpfe! Sieht das geil aus!" Susi mußte zur Bestrafung in das Körbchen mit seidenen Kissen und ich zur Belohnung an einen Tisch neben der Familie Klotz.

Es wurden viele Reden gehalten mit Lob und Dankeschön und dann begann ‚das große Fressen'. Je mehr der Papa zu unserem Tisch glotzte desto weniger traute sich Axel, mir einen Blick zuzuwerfen. Nach üppigem Essen und Trinken forderte der Papa mich zu einem Tänzchen auf. Er versuchte ständig, mir nahe zu kommen und mich an sich zu drücken, und ich versuchte ständig, ihm zu entgehen. Endlich ging er raus, vielleicht für ‚kleine Jungs‘, und Axel kam an unseren Tisch.

„Wie gefällt Dir die Feier, Kleines?" fragte er, und ich antwortete mit der Frage: „Was hat Dein Vater über mich gesagt?" „Er sagte, solche hübschen Schlampen wollen erst einen schlichten Ehering haben und dann Dein ganzes Konto!" antwortete Axel und lachte dabei.

Jetzt platzte mir der Kragen, ich stand auf und drehte mich zu Uwe: „Ich gehe!" „Aber nicht ohne meine Begleitung", sagte Uwe und stand auch auf. Weg waren wir, ohne uns von jemandem zu verabschieden. In Uwes Auto fragte ich ihn, ob er Axels Reisetasche mit dessen persönlichen Sachen, die ich schnell zusammenpacken würde, und eine Saftpresse ins Büro bringen könnte. „Ich mache das gerne", lachte er, „und lege noch meine Kündigung bei." Ich rief Axel auf seinem Handy an und sagte ihm, wo er seine Sachen finden würde. Ich hörte noch, bevor ich auflegte, wie er schrie: „Mein Vater hatte Recht!"

Zum Glück machte Uwe sich selbständig, und zum Glück hatte ich ihn kennengelernt.

Und jetzt saß ich mit Axel, dem Mann, den ich geglaubt hatte zu lieben, und trank einen Kaffee. Pausenlos erzählte er mir über seine Erfolge. Seine Eltern und Susi lebten inzwischen auf Mallorca, und er war der Boß der Firma Klotz. „Und wie läuft es privat? Bist Du verheiratet?" fragte ich. „Oh nein, ich habe so eine Art Partnerschaft. Sie besitzt eine Villa in der Nähe und ist verwitwet. Sie kümmert sich um unsere Häuser und ich um die Finanzen. Sie ist ein paar Jährchen älter als ich, dafür aber vernünftig und sehr sparsam." Dann fragte er, ob ich noch mit dem Schuft Uwe, der mich ihm ausgespannt hätte, zusammen sei.

„Wir sind sogar schon zu viert", antwortete ich, „wir haben eine kleine Tochter und einen großen Schäferhund." Axel wurde nervös und fragte nach einer Zigarette. „Du rauchst also immer noch ‚Fremde Marke'", lachte ich, „und überhaupt, was ist mit Dir plötzlich los? Sag bloß, Du bist eifersüchtig?" „Ich habe Dich sehr geliebt, Kleines", antwortete er ernst. Ich stand auf:
„Geiz oder Reiz!
Es war mir eine Freude, Dich wieder zu sehen, Axel."

Als ich schon an der Tür war, hörte ich seine ironische Stimme: „Ich übernehme Deinen Kaffee, Kleines." Ich antwortete im gleichen Ton: „Du wirst mich bestimmt von der Steuer absetzen, Axel."

Männer, Männer

Meine Kollegin Anna hatte mich mal wieder zum Kaffeeklatsch eingeladen. Ich hatte zugesagt, weil ich ihre Kunst, Torten zu backen, bewunderte und ihre pfiffigen, netten Freundinnen mochte. Am Samstag, als ich wie verabredet, hinkam, waren schon einige da, und die Stimmung war bombig. Die Frauen saßen um den Couchtisch mit einem Glas Wein in der Hand. Auf dem hübsch gedeckten Eßtisch stand eine große Kirschtorte, und ein schwarzer Kater hatte seinen Ehrenplatz auf einem Sessel.

„Wir sind beim Thema Männer", sagte Brittchen und schaffte für mich Platz an ihrer Seite. Ich kannte sie schon von früher, das war eine witzige, kleine, wohlgeformte Frau, Ende dreißig, mit einem zauberhaften Lachen, das alle ansteckte. Sie erzählte gerade: „Der fiese Kerl, der wiederholte ständig, daß er von so einer Frau wie mir, die ihm unter die Achsel passe, gut beieinander sei und so lachen könne, schon immer geträumt habe. Und als ich anfing, von ihm zu träumen, kehrte er zu seiner Freundin zurück. Ich habe sie geseh'n, eine richtige Zaunlatte, unter deren Achsel er paßte. Ich war ganz schön fertig und enttäuscht."

„Sei nicht traurig Brittchen", sagte Nicole, eine große, schlanke Blondine, und streckte provozierend ihre langen Beine aus, „bald werden die plastischen Chirurgen die Beine in die Länge ziehen können. Einem ist das schon gelungen, leider bei seiner eigenen Frau. Die lief ihm nämlich weg, weil sie es satt hatte, immer von oben auf seine Glatze zu sehen. Seitdem praktiziert der Doktor nicht mehr und ist seelisch ganz am Boden." Wir lachten alle, und Brittchen sagte: „Man kann nicht alles haben!" Sie strich über ihr gut geformtes Oberteil und guckte herausfordernd auf Nicole, die Körbchen A mit Einlage trug. Wir lachten wieder.

In diesem Moment klingelte es an der Tür. Es war Rosi, eine extravagante Rothaarige ohne Alter, die immer sehr hohe Absätze trug, als ob sie Angst hatte, übersehen zu werden. Sie war sehr aufgeregt und schimpfte: „Der verfluchte Kerl, der Macho, der Geizkragen! Zuerst versprach er mir die Sterne vom Himmel, und jetzt nimmt er mir die Luft zum Atmen. Ich habe mich wohl immer mit den falschen Männern eingelassen. Und nun, was jetzt, wenn ich nicht mehr taufrisch bin?" „Versuch's doch mit dem Weihnachtsmann", lachte Brittchen, „dann gehen Deine Wünsche in Erfüllung."

Wir lachten alle kräftig, und der Kater döste weiter vor sich hin. Dann sagte Anna, unsere Gastgeberin: „Männer, Männer! Es gibt ja auch nette, nur sind die meistens schon vergeben. Und die nettesten sind meist schwul. Das ist ja auch gut so, aber für wen? Für uns wird es jedenfalls knapp. Ein Glück, daß es auch noch andere Freuden im Leben gibt." Damit ging sie zum Eßtisch, um die Kirschtorte aufzuschneiden.

Uns lief das Wasser im Mund zusammen, und dem schwarzen Kater auch. Dann endlich kam Nina, der letzte Gast in unserer Runde. Jetzt durften wir uns auf die Kirschtorte und den Kaffee stürzen. Bei dieser Freude vergaßen wir alle Diäten und auch die Männer. Als das letzte Krümelchen aufgegessen und die erste Zigarette angesteckt war, schlug Anna vor: „Wer zuletzt kommt, muß uns eine Geschichte erzählen."

Alle guckten auf Nina, auch der Kater, und sie sagte: „Gern!" Nina war eine zarte Blonde, Typ Kind-Frau, die bei Männern einen Beschützer-Instinkt weckte. Ihr Haar war hochgesteckt, und die großen, ausdrucksvollen blauen Augen hatten auf ihrem feinen Gesicht kaum Platz. Sie erzählte:

„Kurz vor dem Millenium-Wechsel war mein Scheidungstermin. Das erste Mal nach fünf Jahren Ehe war ich allein, während sich die ganze Welt zum Feiern vorbereitete. Und besonders am Sylvesterabend wurde ich melancholisch. Ich hatte mir fest vorgenommen, zu Hause auf meiner Couch zu bleiben. Meine Freundin versuchte mich ohne Erfolg zu überreden, zu ihr zur Sylvester-Party zu kommen. Das letzte Mal rief sie um 11 Uhr abends an und sagte: ‚Nina, mein Herzchen, komm doch, Du schaffst es noch bis Mitternacht, wir haben so viel nette Gäste. Es kommt ein Mann, der Dir gefallen wird. Er ist übrigens auch frisch geschieden. Ruf ein Taxi an und komm. In so einer Nacht muß man an Überraschungen glauben!'

Ich hatte nichts versprochen und lag weiter wie ein Stein auf meiner Couch, im Frotté-Mantel. Plötzlich wollte ich doch an Überraschungen glauben und lief zu meinem Kleiderschrank. Ich zog mein langes Spitzenkleid an, steckte meine Haare hoch, machte ein paar Striche ins Gesicht, packte die Sektflasche ein und rief ein Taxi. Die Nummer war besetzt, und ich lief auf die Straße in der Hoffnung, dort schneller ein Taxi zu bekommen. Es kam aber kein freies vorbei. Ich weiß nicht, wie lange ich da stand. Mir wurde sehr kalt. Ungewollt kamen mir die Tränen und wurden zu Eiszapfen. Plötzlich sah ich, wie es schien, ein freies Taxi kommen und sprang mitten auf den Fahrdamm, damit mich der Fahrer bloß nicht übersah und schrie: ‚Taxi, Taxi!‘ Aber der Fahrer machte einen Bogen um mich, hupte laut, zeigte mir einen Vogel und fuhr weiter. Das nächste Auto aber bremste.

Ein großer, dunkelhaariger Mann im grauen Mantel und karierten Schal stieg aus und sprach mich an: ‚Was Sie jetzt gemacht haben, war ganz gefährlich.‘ ‚Ich wollte keinen Selbstmord begehen‘, sagte ich, ‚doch nicht mit der Sektflasche in der Hand, ich suche nur ein freies Taxi.‘ Er sah mich mißtrauisch an. Lag das vielleicht an meinem Aussehen? Rot gefrorene Nase, von der Wimperntusche schwarz gefärbte Tränen. ‚Wo müssen Sie hin? Vielleicht schaffe ich es noch, Sie mitzunehmen?‘ fragte er. ‚Nein, das ist sehr weit‘, und ich nannte die Adresse. ‚Da haben Sie recht, wir werden das neue Millenium im Auto verbringen‘, sagte er und guckte nervös nach links und nach rechts, als ob er bei der Taxisuche mehr Glück haben würde, aber es war kein Auto weit und breit zu sehen.

Ich versuchte ihn zu überreden, daß er weiterfahren solle: ‚Sie werden doch bestimmt erwartet, und ich wollte eigentlich nicht weg, ich bin auch mit niemandem verabredet.‘ Wieder sah er mich mißtrauisch an und dann auf seine Uhr. ‚Ich muß zu Hause anrufen‘, sagte er und holte sein Handy raus: ‚Hallo Liebling, meiner Mutter geht es viel besser. Sie schlief, als ich wegging. Ich bin auf dem Wege nach Hause, aber ich hatte eine kleine Panne. Nein, nein nichts Ernstes. Ich komme so schnell ich kann, mach‘ Dir keine Sorge, bis bald.‘

Er sah wieder auf die Uhr und sagte: ‚Ich glaube, wir müssen Ihren Sekt hier trinken, jetzt ist es 7 vor 12.‘ ‚Aber warum denn hier auf der Straße, wir stehen doch vor meinem Haus.‘ Ich schlug spontan vor, zu mir zu gehen, wo es warm war und Sektgläser gab. ‚Welche Etage?‘ fragte er. ‚Fünfte, ohne Aufzug.‘

Wir liefen nach oben und lachten wie Schulkinder. Ich stolperte, er nahm mir die Sektflasche ab, damit ich mich um meinen langen Rock kümmern konnte und nicht auf die Nase fiel. Tür auf, Gläser raus, Fernseher an, und als der Flaschenkorken flog, und der Sekt in den Gläsern perlte, schlug es 12 Uhr. ‚Willkommen im neuen Jahrtausend!‘ Wir prosteten uns zu, wünschten uns gegenseitig Glück und gingen auf den Balkon. Es wurden schon erste Raketen abgefeuert. Traumhafte Farben in verschiedenen Mustern flogen zum Himmel, und kaum fielen sie runter, waren schon andere da.

Er holte wieder sein Handy raus, und ich hörte, wie er zu seiner Frau sagte: ‚Willkommen im neuen Millenium, ich bin bald zu Hause, die Panne ist beseitigt.‘ Wir tranken noch ein Glas Sekt, und im Fernsehen spielte André Rieu. ,Darf ich die Dame um einen Walzer bitten?' fragte er. Wir drehten ein paar Kreise um den Tisch herum. Er war ein ausgezeichneter Tänzer. Und ich schwebte fast in der Luft. Mir wurde heiß, meine Wangen glühten, jetzt erst merkte ich, daß wir noch in den Mänteln waren. Ich zog meinen aus, er schaute mich an, wie mein Vater, wenn ich ein gutes Zeugnis brachte und sagte: ,Sie sehen jetzt aus wie Schneewittchen …!' Ich unterbrach ihn: ,Sagen Sie nichts mehr und entschuldigen Sie sich bloß nicht, daß Sie schon gehen müssen. Ich danke Ihnen für diese kurze, wunderbare Party. Die Panne ist beseitigt.'

Weg war er, und ich zog mir wieder meinen Mantel an, goß mir ein Glas Sekt ein und ging auf den Balkon. Ich sah ihn, wie er aus dem Haus kam und zu seinem Auto eilte. Bevor er einstieg, sah er noch einmal nach oben, und ich hob mein Glas und sagte, was er natürlich nicht hören konnte: ,Leb' wohl, mein wunderbarer Unbekannter!' Ich stand noch einen Augenblick auf dem Balkon, bis ich sein Auto nicht mehr sehen konnte und trank meinen Sekt. Dann ging ich rein, zog mich aus, schlüpfte in den Frotté-Mantel und schmiß mich auf die Couch. Ich war erschöpft und beschwipst, als ob ich die ganze Nacht gefeiert hätte."

„Wie lange hat denn diese kurze Party gedauert?" fragte Anna. Plötzlich redete Nora, eine große, dunkelhaarige, rassige Frau: „Vielleicht zehn Minuten? Denn der Mann im grauen Mantel und karierten Schal war kurz nach Mitternacht zu Hause." Es trat eine Stille an unserem Tisch ein, und dann sagte Anna: „Die Welt ist klein, meine Damen, und so trafen sie sich bei einem Kaffeekränzchen, die Ehefrau und das Schneewittchen", dann drehte sie sich zu Nora und fragte: „Jetzt, wo Du die wahre Panne kennst, wirst Du Deinen Mann zur Rede stellen?" Wir alle schauten neugierig auf Nora. „Ach wo," lächelte Nora, „das ist doch eine hübsche Geschichte, und die gehört Nina."

„Na ja, das ist schon eine niedliche Geschichte", sagte die rothaarige Rosi, die immer etwas mehr vom Leben erwartete. „Du hast Schwein gehabt Nina, daß Du nicht an einen Typ geraten bist, der Dir an die Wäsche wollte. Aber ist das denn die Überraschung, von der Deine Freundin sprach, und an die Du so glauben wolltest in der Sylvesternacht?" „Die Überraschung", lächelte Nina, „die kam schon am nächsten Tag. Ausgeschlafen und gut gelaunt ging ich zum Katerfrühstück zu meiner Freundin. Dort lernte ich den ‚frisch Geschiedenen' kennen, und heute sind wir frisch verheiratet!"

„Oh nein, Nina! So heimlich! Viel Glück!" schrien wir fast durcheinander. „Darauf müssen wir trinken," schlug Rosi vor, und sie rief beim Italiener an, der sich im gleichen Haus befand. „Cameriere, Champagne!" lachte sie, „zwei Flaschen von der besten Sorte, in die dritte Etage!"

Und als der Champagner serviert war, tranken wir: „auf die Liebe, auf die Männer!"

Und der schwarze Kater schnurrte zufrieden.

Nicht ohne meinen Anwalt

Nicht ohne meinen Anwalt! Ohne meinen Anwalt sage ich kein Wort! Wer kennt diese berühmten Sätze nicht, die in fast jedem Krimi vorkommen. Es scheint so, daß ohne Anwalt nichts läuft, und jeder seinen eigenen Anwalt haben muß. Noch vor einem halben Jahr hatte ich keinen und brauchte einen. Ich hatte meine Wohnung gewechselt und Probleme mit meinem früheren Verwalter bekommen. Ich rief meine Freundin an, die mir immer die besten Adressen gegeben hatte. Von ihr hatte ich meinen Hausarzt, meinen Friseur, meinen Steuerberater und sogar meinen „Italiener".

„Natürlich kriegst Du einen", sagte sie, „und mach' Dich bloß nicht verrückt. Der Anwalt heißt Weiß, er ist noch jung, aber sehr gewissenhaft. Und übrigens, der ist nicht gebunden, mein Mann kennt ihn ein bißchen privat, und er ist absolut Dein Typ." „Ich gefalle meinem Typ meistens nicht", lachte ich und vergaß ihre Bemerkung.

Aber schon in ein paar Tagen, als ich ihm gegenüber saß, mußte ich an ihre Worte denken. Und ob er mein Typ war. Ein gut aussehender, stämmiger, kräftiger Mann mit vollem, dunklem, kurz geschnittenem Haar, wissendem Blick und einnehmendem Lächeln. Ich wurde unruhig. Ich holte meine Unterlagen raus und legt sie ihm auf den Tisch. Meine große Tasche legte ich auf den nebenstehenden Stuhl, leider so unglücklich, daß sie runter fiel.

Was Frauen alles mit sich herumschleppen, muß ich nicht erzählen.

Aber mein Unglück wurde noch größer, weil mein kleines Kosmetiktäschchen auch nicht richtig geschlossen war, und so rollte der ganze Inhalt, Eyeliner, Lippenstifte, Pinsel, Puderdose, Pröbchen unter den Tisch. Ich kniete, um das alles aufzusammeln, und er kniete auch, um mir zu helfen. So trafen wir uns unter seinem Tisch. Ich entschuldigte mich für dieses Mißgeschick, und er lachte nur und sagte, daß ihm ein bißchen Bewegung gut tue. Plötzlich bemerkte ich mit Schrecken, daß mein Reservetampon direkt zwischen seinen Knien lag, und ich schnappte ihn schnell. Zum Glück hatte er das übersehen oder tat nur so, indem er einen schmalen Eyeliner aus einer Parkettritze fummelte. Ich entschuldigte mich noch einmal, und er wiederholte, wie gut ihm ein bißchen Bewegung täte. Endlich war alles Rausgefallene wieder in meiner Tasche gelandet, und wir saßen wiederum einander gegenüber, wie es sich zwischen Anwalt und Mandant gehörte.

Nach ein paar Briefen und Telefonaten war das Problem mit meinem ehemaligen Verwalter schon zu meinen Gunsten gelöst, aber auch zu meinem Bedauern, daß ich Dr. Weiß nicht mehr in Anspruch nehmen mußte.

Als wir uns bei unserem letzten Termin verabschiedeten, hatte er noch gefragt, ob ich schon eine Einweihungsparty hinter mir hätte und ob er mir einen Blumenstrauß zum Einzug schicken dürfe. „Warum denn schicken", hatte ich übermütig geantwortet, „warum bringen Sie die Blumen nicht selbst vorbei? Die Einweihungsparty ist übermorgen, am Freitag um 20 Uhr."

Er sah in sein Terminbuch, schrieb dort etwas nieder und sagte: „Ich muß meine Mutter vom Bahnhof abholen, aber das ist alles um die Ecke, kurz nach acht werde ich bei Ihnen sein, Frau Gröl." Und dann fragte er noch, ob ich eine Palme besäße oder eine haben möchte. „Oh, eine Palme! Auf die werde ich mich besonders freuen, ich habe noch keine", antwortete ich.

Von Zuhause rief ich sofort meine Freundin an, um ihr alles mitzuteilen. Sie schrie fast, damit ihr Mann das hörte: „Der Weiß hat angebissen, die beiden sind schon verabredet!" und dann sagte sie weiter zu mir: „Oder meinst Du, er versorgt alle seine Mandanten mit einer Zimmerpalme? Wir haben jedenfalls keine von ihm." „Ihr kommt doch auch?" fragte ich. „Nein, Michaela, unser Babysitter ist verreist, und vor einem Monat haben wir doch schon die Einweihung bei Dir gefeiert. Mach' doch einen schönen Abend zu zweit", lachte sie. „Und wenn er sich wundern wird, wo die anderen Gäste sind?" „Sag doch einfach, die haben alle die Influenza", lachte sie wieder.

Am Freitag, Punkt acht war bei mir schon alles fertig. Beim Dekorieren des Tisches habe ich meine eigne Fantasie übertroffen, und der falsche Hase war mir auch besser als sonst gelungen. Ich zog ein enges Jeans-Kleid mit Reißverschluß an, dazu flache Ballerina-Schuhchen, und zündete die Kerzen an. Um mich ein bißchen abzulenken, schaltete ich den Fernseher ein, zappte durch die Programme, aber ich konnte mich auf nichts konzentrieren. Um neun Uhr abends noch keine Spur von Dr. Weiß. Hatte er die Verabredung überhaupt ernst genommen? Oder dachte er vielleicht, bei den vielen Gästen merkte ich seine Abwesenheit nicht. Ich machte das Fernsehen aus, stellte Musik an und wurde traurig. Plötzlich sah ich das Büchlein „Fernöstliche Weisheiten" liegen, das mir meine Freundin geschenkt hatte. Ich las ihre Widmung auf der ersten Seite: „Liebe Michaela, ein bißchen Weisheit kann nicht schaden." Ich mußte lächeln, das war typisch für meine Freundin, die eine Musterehe führte und mir immer die besten Tips gab.

Ich blätterte in dem Büchlein, vielleicht fand ich etwas auf meine Situation Passendes. Und dann fand ich das auch: „Wer einen Tag glücklich sein will, der trinke!" sagten die Chinesen. Ich hatte schon mal ein Glas Wein mehr getrunken, war lustiger als sonst gewesen, aber glücklicher, abgesehen von den stärkeren Kopfschmerzen am nächsten Tag? Wein war wohl nicht das richtige Getränk, dachte ich und öffnete meine Reserve-Bar.

Meinen Blick fesselte die Flasche mit „Wodka Gorbatschow", und unwillkürlich mußte ich an des Wodkas „reine Seele" denken, wie sie die Werbung versprach. „Reine Seele" war das Richtige, ich goß mir ein halbes Glas voll und trank es in einem Zug runter wie ein Medikament. Das Gefühl war entsetzlich, als ob ich zehn flammende Feuerzeuge geschluckt hätte. Es brannte in Kehle, Brust und Magen und mir wurde sehr heiß. Ein bißchen Hitze stieg mir auch in den Kopf, ich wurde müde und sah auf das Bett in der Nische. „Reiß‘ Dich zusammen, Michaela", sagte ich mir, „sonst wirst Du Dein Glück verschlafen". In diesem Moment klingelte das Telefon, es war Dr. Weiß.

„Ich hoffe, Sie haben eine nette Party, Frau Gröl", fragte er. „Ja, ja, die Party ist im Gange", sagte ich, und er redete weiter: „Ich bin leider noch am Bahnhof, hier herrscht das totale Chaos, es kommt nicht mal eine genaue Durchsage. Aber aufgeschoben ist nicht aufgehoben. Wenn es vielleicht heute nicht klappen sollte, feiern wir noch mal zusammen, auch ihre Palme wartet ungeduldig im Auto. Jetzt kommen Durchsagen, ich muß Schluß machen. Wir bleiben in Verbindung!"

Die Verbindung brach ab. Ich hielt den Hörer in der Hand und dachte noch an seine Worte „wir bleiben in Verbindung". Aber wann? Wann fand die nächste Verbindung statt? Morgen, übermorgen oder erst in einer Woche? Das Gespräch hatte mich wieder vom Glück entfernt. Und ich entschloß mich, des Wodkas reine Seele noch mal zu mir zu nehmen. Ich trank wieder die gleiche Menge, und das Gefühl war wieder entsetzlich. Nur diesmal stieg die Hitze der brennenden Feuerzeuge gleich in den Kopf. Der fühlte sich wie eine glühende Birne an.

Die Gegenstände im Zimmer bewegten sich leicht im Rhythmus der Musik. Der „falsche Hase" versuchte auf den Tellern zu tanzen. Tanzen wollte ich auch. „Tanz, Michaela, Tanz ist die Vorstufe zum Glück!" sagte ich mir. Ich konnte sehr gut tanzen, aber diesmal hörte mein

Körper nicht auf mich. Meine Beine waren schwer wie Blei, und die Knie schwach. Meine Arme dagegen waren ganz leicht, ständig gingen sie hoch und runter wie Flügel, und ich kam mir vor wie der „Sterbender Schwan" von Tschaikowski.

Plötzlich sah ich eine Frau im Spiegel über meinem Sekretär-Schränkchen und bekam einen Schreck. „Das bist doch Du, Michaela!" schrie ich. „Ich habe Dich an Deinem Kleid erkannt. Du bist doch stockbetrunken! Wie siehst Du denn aus!" Mein Gesicht glich der glühenden Sonne kurz vorm Untergehen, die großen Augen waren ganz schmal wie bei einem Chinesen, und mein Mund war ganz schief. Ich fing an, meine Lippenkonturen auszugleichen, aber das klappte nicht, und der Mund wurde immer schiefer.

In diesem Augenblick klingelte es an der Tür, das war mein Anwalt Dr. Weiß. Er sagte durch die Sprechanlage, daß alles noch super geklappt habe und fragte: „Werde ich noch rein gelassen?" „Naturellement", sagte ich mit mir fremder Stimme und drückte den Knopf, um ihn ins Haus zu lassen. Ich öffnete breit meine Wohnungstür und sah kurz danach schon die nach oben kommende Palme. Wieder mit ganz fremder Stimme sagte ich dann zur Begrüßung: „Hereinspaziert in die warme Stube, die Party ist voll im Gange." Weil meine Diele sehr eng ist, schob ich ihn ins Wohnzimmer, so daß er fast umfiel. Er stellte die Palme auf den Boden und schaute sich verwundert um. „Meine Freunde haben Influenza", sagte ich stotternd, bevor er etwas fragte, „alle, alle haben Influenza!" „Aber die Party ist trotzdem voll im Gange?" lachte er.

Ich wollte auch lachen, aber auf einmal wurde mir übel. Die brennenden Feuerzeuge, die ich geschluckt hatte, wollten wieder raus. Ich drückte fest meine Lippen zusammen und stolperte zur Toilette. Ich weiß nicht, wie lange ich dort kniete und das kalte, weiße Klobecken in meinen Armen hielt. Mir wurde langsam besser. Ich stand auf und schaute mich im Spiegel an. Mein Gesicht war kreideweiß, die Augen waren wieder groß und glotzten wie bei einem Frosch, und die Mundkonturen waren übers ganze Gesicht verschmiert. Ich hielt meinen Kopf unter den Wasserhahn und wischte die verschmierte Schminke ab. Dann wickelte ich ein Frotté-Tuch um den Kopf und ging zurück ins Wohnzimmer.

Dr. Weiß saß noch im Mantel auf dem Sessel und blätterte in den „Fernöstlichen Weisheiten". „Die Chinesen, die weisen Chinesen sind an allem schuld", ich zeigte auf das Buch, „man muß sie verklagen." Dann wurde mir schwindlig. Dr. Weiß sprang zu mir, um mich festzuhalten, und brachte mich zu der Nische, in der mein Bett stand.

Und was dann geschah, erinnere ich ganz genau, weil ich das erste Mal an diesem Abend einen Hauch von Glück empfand. Er zog mir meine Ballerina-Schuhe aus, öffnete den Reißverschluß meines Jeanskleides, deckte mich zu, strich mein nasses Haar aus der Stirn, gab mir einen Kuß auf die Wange und sagte leise: „Schlafen Sie sich erst mal gut aus, Michaela, und dann werden wir die weisen Chinesen verklagen."

Er ging, und ich schlief sofort ein. Ich schlief fest und lange, und wurde am nächsten Tag erst durch das klingelnde Telefon geweckt. Das war Dr. Weiß. Er erkundigte sich, wie es mir ginge, ob ich starke Kopfschmerzen hätte und ob wir am kommenden Wochenende, freitags, zusammen essen gehen könnten. Ich sagte natürlich zu und war glücklich.

Leider ging es mir die Tage danach nicht besonders gut, und am Donnerstag rief ich bei meiner Freundin an und klagte über mein elendes Aussehen. „Nimm doch die Sonnenbank", empfahl sie mir, „und Du wirst aussehen wie das blühende Leben!" Schon eine Stunde später bestellte ich bei einer braun-gebrannten Angestellten einmal „Turbo – extra stark". Ich wurde gefragt ob ich empfindliche Haut hätte. „Nicht das ich wüßte", war meine Antwort, „es muß aber schnell wirken." Und es wirkte schnell.

Die ganze Nacht juckte meine Haut, als ob ich von tausend Flöhen überfallen war, und ich bekam rote Flecken: eine Allergie. Ich mußte den Termin mit Dr. Weiß absagen. Ich rief in seinem Büro an und als er am Telefon war, hielt ich mir die Nase zu, hustete ein paar mal in den Hörer und sagte, daß ich leider erkältet sei und wir unser gemeinsames Essen verschieben müßten. „Ah, Influenza", sagte er, „ich wünsche Ihnen gute Besserung, Frau Gröl. Wir telefonieren."

„Wir telefonieren" war gut. Ich traute mich nicht, bei ihm anzurufen, und er rief auch bei mir nicht mehr an. So vergingen zwei Wochen, ich wartete abends vergeblich auf seinen Anruf und war untröstlich. Meine Freundin sagte: „Jetzt mußt Du die Initiative ergreifen, Michaela! Woher soll er wissen, daß all die Mißgeschicke seinetwegen waren. Vielleicht denkt er, Du bist verliebt, aber nicht in ihn. Mach' bei ihm einen Termin aus."

„Aber ich brauche jetzt keinen Anwalt." „Einen Anwalt braucht man immer", lachte sie, „Dir wird schon was einfallen. Nur mach' bloß Deine Tasche fest zu, sonst fängt alles wieder von vorn an, unter seinem Tisch."

Schon ein paar Minuten später rief ich im Anwaltsbüro an. Seine nette Sekretärin war am Telefon. Ich bat um einen Termin, am Freitag, so spät wie möglich. „Warten Sie, Frau Gröl, ich muß das mit Dr. Weiß absprechen". Ich wartete mit Herzklopfen, dann hörte ich sie lachen und dann hörte ich ihn lachen, am liebsten hätte ich aufgelegt, aber sie war schon wieder in der Leitung und gab mir einen Termin am kommenden Freitag, 20 Uhr.

Diesmal dachte ich an alles. Im dunklen Hosenanzug, eleganten Schuhen, kleiner Tasche mit festem Schloß und perfekt aufgetragener Mundkontur stand ich vor meinem Spiegel und hatte an mir nichts auszusetzen. Es war noch ein bißchen zu früh, um loszugehen, und ich blätterte in den „fernöstlichen Weisheiten". „Ein bißchen Weisheit kann nicht schaden", lächelte ich, „aber die richtige!" Dann fand ich: „Häßliche Frauen und dumme Mädchen sind unschätzbare Kostbarkeiten." Wieder eine chinesische Weisheit. Ich mußte lachen. Häßlich hat er mich schon gesehen und dumm hatte ich mich auch benommen. Also hatte ich doch Chancen bei Dr. Weiß. Und ich ging zu dem Termin.

Als ich in seinem Büro ankam, war seine Sekretärin schon nicht mehr da und auch kein Besucher. Er öffnete mir persönlich die Tür, begrüßte mich per Handschlag und bat mich an seinem Tisch Platz zu nehmen. So saßen wir einander gegenüber wie zwischen Anwalt und Mandant üblich. Ich schwieg, er auch, ich schwieg weiter, er auch. Plötzlich fingen wir beide zu lachen an, und er sagte: „Werden wir nun die weisen Chinesen verklagen, Frau Gröl, oder gehen wir Chinesisch essen?" „Ich bin für die zweite Variante", sagte ich.

Eine halbe Stunde später saßen wir in einem sehr gepflegten chinesischen Restaurant in einer Nische, die für ihn reserviert war. Der Geruch fremdländischer Kräuter, die Drachen an den Wänden, Chinalampen, ein Aquarium mit exotischen Fischen haben uns in eine fernöstliche Welt versetzt. Bedient wurden wir von einem alten Chinesen, der sich immer nach vorne beugte, als wollte er sich für etwas, vielleicht für eine Weisheit entschuldigen.

Wir redeten viel und lachten über die Einweihungsparty. Wie ich ihm beichtete, hatte die damals schon vor einem Monat stattgefunden. Wir aßen mit Appetit, und er brachte mir bei, mit Stäbchen zu essen. Je später der Abend wurde, und je mehr die Kerzen runterbrannten, desto verliebter schauten wir uns an. Wir tranken Brüderschaft mit chinesischem Schnaps, und schließlich küßten wir uns ganz leidenschaftlich.

Seitdem ist ein halbes Jahr vergangen, und wir küssen uns genauso leidenschaftlich. Meinen eigenen Anwalt habe ich jetzt auch.

Und ohne meinen Anwalt, sage ich kein Wort weiter.

Hund und Katz'

Ich wohnte in dem linken Flügel eines Wohnblocks und konnte gut zum rechten Flügel sehen. Interessiert hatte mich aber nur ein Fenster. Dort wohnte er.

Er konnte von seinem rechten Flügel auch gut zu dem linken Flügel gucken und schaute oft zu meinem Fenster.

Ich liebte Hunde und hatte mir einen Schäferhund-Mischling aus dem Tierheim geholt und ihm einen russischen Namen gegeben: „Mischa".

Er liebte Katzen, hatte sich eine getigerte aus dem Tierheim zugelegt und sie mit einem russischen Namen benannt: „Mascha", die ihren Lieblingsplatz auf dem Fensterbrett hatte.

Der Hund und die Katze hatten sich regelmäßig im Visier.

Ich ging viel mit dem Hund spazieren.

Er saß häufig am Computer.

Ich war sehr an seinem Privatleben interessiert und furchtbar eifersüchtig, wenn ihn Frauen besuchten.

Er machte mir charmante Komplimente, wenn wir uns trafen, und wir redeten gern miteinander.

Ich putzte oft meine Fenster und hörte dabei den Schlager „Amore, amore, amore".

Er putzte seine Fenster nie, öffnete sie aber und antwortete mir mit dem Schlager „Sag' mir quando, sag' mir wann".

Wir winkten uns zu und lachten. So lebten wir in Harmonie und Zuneigung in nächster Nachbarschaft, bis etwas Unerwartetes geschah.

Er hatte nicht aufgepaßt, die Katze war ihm aus der Wohnung gelaufen und streunte im Hof umher.
Ich kam gerade mit dem Hund zurück.

Unsere Tiere kriegten sich in die Wolle, und Mascha zerkratzte Mischa die Nase bis aufs Blut.

Ich vergaß meine Erziehung und schrie: „Ay, passen Sie auf Ihre dumme Mieze auf, sie gehört auf's Fensterbrett, das Sie nie putzen".
Er darauf: „Passen Sie besser auf Ihren Köter auf, er gehört an die Leine, und statt so oft die Fenster zu putzen, nehmen Sie besser die Hundekacke weg!"
Ich war empört, wollte ihm eins auswischen und schrie weiter: „Sie besuchen genug Stadtmiezen, Sie brauchen keine Katze!"
Er lachte höhnisch zurück: „Neidisch was? Wer wird Sie schon ansprechen in Begleitung von so einem gefährlichen Ungeheuer, wie Ihr Mischa!"
Ich war verletzt, er war zu weit gegangen. Ich brach den Streit ab und ging nach Hause.
Er auch.

Ich schnitt ihn, wenn ich ihn traf.
Er mich auch.
Ich war traurig. Ich putzte nicht mehr meine Fenster und

legte nie mehr die Platte mit „Amore, amore, amore"
auf.
Er spielte nie mehr das Lied „Sag' mir quando, sag' mir
wann" und machte keinen Schritt zur Versöhnung.

Nur der Hund und die Katze pflegten weiter Augenkon-
takt.

Ich erfuhr, daß er eine andere Wohnung suchte.
Er zog eines Tages aus.
Ich stand hinter der Gardine und sah mit Herzklopfen
zu.
Er schaute auch immer nach oben zu meinem Fenster,
aber er konnte außer der Schnauze von Mischa nichts
sehen.

Der Hund war unruhig, bellte und verstand nicht, warum
Mascha in einem geschlossenen Körbchen saß. Sollte sie
wieder ins Tierheim? Mit dem ganzen Mobiliar?

Ich heulte.
Er war weg.

Es blieb keine Spur von Harmonie und Zuneigung und
meinem Nachbar. Der Herbst kam, grausiges Wetter, es
regnete viel und mir liefen oft die Tränen.

Ich bekam von ihm einen Brief, eines Tages, und die
Sonne schien wieder.
Er schrieb, seine neue Wohnung sei zwar komfortabel,
habe aber keine Fensterbretter. Mascha sei untröstlich,

sie könne Mischa nicht mehr sehen, sie fresse kaum noch und drohe einzugehen.

Ich antwortete darauf, auch Mischa sei untröstlich, er warte immer auf Mascha, sei nicht vom Fenster wegzubringen. Er fresse schlecht, wolle nicht Gassi gehen. Ich sei in Furcht, daß er eingehe.

Er schrieb: „Was können wir tun für unsere Tiere, die eine so treue Seele haben?"

Ich nahm mir Mut und erwiderte: „Ziehen Sie zu uns. Unsere Wohnung ist groß, und es gibt genug Fensterbretter."

Er darauf: „Nennen sie uns einen Termin. Wir packen schon. ‚Sag' mir quando, sag' mir wann'?"

Ich: „Ab sofort! Wir haben schon aufgeräumt. ‚Amore, amore, amore'."

Und der Rest der ungewöhnlichen Geschichte verlief ganz gewöhnlich. Verliebt, verlobt, verheiratet. Hund und Katz' sind tierisch glücklich und wieder ganz verfressen.

Ich sitze nun oft am Computer.
Er geht viel mit dem Hund spazieren und nimmt seine Häufchen weg.

Erziehungswissenschaft

Während meiner Studienzeit war ich sehr auf Geld angewiesen und nahm fast jede Arbeit an. „Willst Du meine Stelle haben", fragte meine Freundin, auch eine Studentin, „zwei Stunden pro Tag die Büro-Räume bei einer Jalousettenfirma sauber machen ab 6 bis 8 Uhr am Abend. Ich hab' schon mit dem Chef gesprochen. Du könntest ab Montag anfangen."

„Natürlich, gern", freute ich mich und fragte noch: „Wie ist denn der Chef so?" „Er ist ganz okay, Mitte fünfzig, großzügig", sagte sie, „es gibt nur ein kleines Problem, Du wirst von ihm bestimmt von Zeit zu Zeit einen Klaps auf den Po kriegen." „Was, sexuelle Belästigung am Arbeitsplatz?" schrie ich. „Ach, von Sex ist keine Rede", gab sie zurück, „er hat eine Geliebte, ,meine Flocke' nennt er sie. Ein Klaps auf den Po, das ist so eine Schwäche von ihm."

„Bei Dir kann man auch schwach werden", lachte ich und gab ihr einen Klaps auf ihren appetitlichen, knackigen Hintern. „Da mach' Dir mal keine großen Hoffnungen, für ihn ist Po eben Po", redete sie weiter, „Du hättest das Mädchen sehen sollen, das vor mir dort gearbeitet hat, sie war voller Pickel." „Was, auch auf dem Po?" lachte ich. Sie schmunzelte und sagte dann: „Du mußt Dich schon entscheiden, sonst muß ich absagen. Und übrigens studierst Du doch Erziehungswissenschaften, betrachte das als Praktikum. Mach' was draus!"

Friß Vogel oder stirb! Ich habe mich für's Fressen ent-
schieden, in der Hoffnung mein Po sei für den Chef nicht
attraktiv genug. Aber meine Rechnung ging nicht auf.
Schon nach einer Woche, als das Vertrauen zwischen uns
gewachsen war, bekam ich meinen ersten kräftigen Klaps
auf den Po. Ich tat als hätte ich mich zu Tode erschreckt,
aber der Chef lachte nur und sagte: „Du putzt super,
Kleene, besser als Deine Freundin." „Warum schlagen
Sie mich dann, Chef?" wollte ich sagen, aber ich hatte
Furcht, so eine gute Stelle zu verlieren und arbeitete
schweigend weiter. Seitdem ließ er fast keinen Tag aus,
um mir einen Klaps zu verpassen. Das beschäftigte mich
sehr, das war ekelerregend, und ich konnte kaum noch
ruhig schlafen.

Eines Nachts hatte ich einen Alptraum. Eine breite, blaue
Hand mit dicken, kurzen Fingern grabschte nach mir
und versuchte mich zu erwürgen. Klitschnaß wachte ich
auf – und eine Idee war geboren.

Als ich am nächsten Tag zur Arbeit kam, telefonierte der
Chef gerade. Ich verschwand in der Besenkammer, zog
meine alte schwarze Hose an, und schmierte den Hintern
der Hose mit blauer Stempelfarbe ein, die ich mir besorgt
hatte. Als ich aus der Kammer kam, ging ich ganz nah an
ihm vorbei und versuchte sogar, mit den Hüften zu wak-
keln, und bekam auch schon seinen berühmten Po-Klaps.

Ein paar Sekunden später ging die Tür auf, und ‚seine
Flocke' kam rein. Ich sah sie zum ersten Mal, eine Frau
Mitte vierzig, braungebrannt, schwarzes Haar, kräftiges

Rouge, spiegel-glänzender Lippenstift. Sie trug einen eleganten, weißen Hosenanzug, der ihre vollschlanke Figur betonte. Sie war sehr laut: „Ach, Schatz, ich hab' so einen Hunger, hoffentlich bist Du schon mit der Arbeit fertig." Er ging ihr entgegen, und sie schmiß sich an seinen Hals. Er legte seine Hände auf ihren Po und drückte sie fest an sich:

„Ja, ja ich habe schon einen Tisch bestellt. Dann, stolz auf ‚seine Flocke', drehte er sich zu mir und sagte: „Arbeite fleißig, Kleine, bis morgen!" ‚Seine Flocke' sah mich an, als sei ich nur ein Staubsauger. Die beiden gingen raus. Ich blickte ihnen hinterher und bekam einen Schreck: Auf ihrer linken Po-Backe prangte in blauer Stempelfarbe der Abdruck seiner breiten Hand mit kurzen Fingern. Ihr weißer, eleganter Hosenanzug war hin. „Jetzt stirb Vogel!" sagte ich mir. „Deine Stelle bist Du los."

Am nächsten Tag, mit einen mulmigen Gefühl im Bauch, betrat ich das Büro und erlebte eine kleine Überraschung. „Ah, da bist Du ja Kleene, ich bin heute in Eile", sagte der Chef und holte 25 Euro aus seiner Jackentasche, „das ist für Dich, Kleene, kauf' Dir eine neue Hose." Dann lächelte er mich schlau an, machte ‚Winke, Winke' und ging. War das Po-Klapsen nun zu Ende, oder wartete er auf die neue, saubere Hose?

Schon am nächsten Tag ging ich auf's Ganze. Ich zog die neu-gekaufte, enge Stretch-Hose, natürlich schwarze, an, schminkte mein Gesicht erstmals zur Arbeit und trug einen Lippenstift auf, der wie ein Spiegel glänzte. Als ich ins Büro kam, beendete mein Chef gerade das Telefonat mit ‚seiner Flocke'. Ich ging an ihm vorbei, wackelte mit den Hüften und sagte: „Hallo, Chef! Wie gefällt Ihnen meine neue Hose?"

„Mann, Kleene, Du siehst ja scharf aus", antwortete er, und ich konnte direkt fühlen, wie ihm die Hand juckte, aber ich bekam keinen Klaps.

Ich war glücklich. Ich durfte weiter fleißig putzen, und die Po-Klapse gehörten nun der Vergangenheit an. Ich fühlte mich als Siegerin und fing an, meinen Chef zu mögen, der zwar ein einfacher Bursche war, aber klug und lernfähig.

Mein Praktikum als Erzieherin war mir gelungen.